明·汪廣洋 撰

鳳池吟稿

中国书店

詳校官中書臣劉源溥

臣紀昀覆勘

欽定四庫全書　　　　集部六

鳳池吟稿　　　　别集類五　明

提要

臣等謹案鳳池吟稿十卷明汪廣洋撰廣洋字朝宗高郵人流寓太平太祖渡江召為元帥府令史歷官中書右丞封忠勤伯尋進右丞相以與胡惟庸同位不能發其奸狀坐貶廣東於中途賜死事蹟具明史本傳廣洋少

師余闕淹通經史善篆隸詩格清剛典重一洗元人纖媚之習朱彝尊嘗摘其五言中之平沙誰戲馬落日自登臺湖水當門落松雲倚枕浮懷人當永夜看月上踈桐對客開春酒當門掃落花天垂芳草地漁唱夕陽村等句凡數十聯以為可入唐人主客圖靜居北郭猶當遜之毋論孟載其推重之如此而明代論詩家流派者多末之及蓋當時為宋濂

諸人盛名所掩故世不甚稱然觀其遺作究不愧一代開國之音也乾隆四十九年閏三月恭校上

總纂官臣紀昀臣陸錫熊臣孫士毅

總校官臣陸費墀

欽定四庫全書

鳳池吟稿卷一

明 汪廣洋 撰

五言古體

大祀

維皇建有極庚戌值時康二氣迭敷宣允若協雨暘季秋成物際報祀禮有常掃地事明薦穹廬列兩行鼓鐘宿在懸玉帛燦成筐陶匏湛醴齊大登具牛羊匪後禮

物豊貴在誠意將今夕乃佳夕天高露氣凉微雲散晻
靄衆皇羅縱横濟濟百執事念兹靡或忘金門少馬闐
和鑾鳴聲揚旂常紛左右旛燎彌耿光宸旒儼祇肅對
越位中央八音倡律吕佾舞節趨蹌所舉靡不脩所及
靡不臧川嶽永流峙風雲儵低昂神靈符肸蠁鑒假達
馨薌錫福何簡簡降福何穰穰既濯隸雍徹精誠合一堂
願祈億萬年禴祀及烝嘗載歌周頌篇庸擬被樂章

大饗

諸侯謹述職方伯敬來同後世尚斯典往古有遺風維
茲獻歲始大鈞妙化工川泳雲飛間罔不被薰融至尊
垂衣裳雋髦蔚景從土宇日已廣民物日已豐匪文莫
附遠匪武孰成功不有勸賚寔恩意何由通乃命行大
饗禮數極雍雍三公相左右百辟敘西東祥飇臨宁來
旭日當天紅佳肴薦脩脯旨酒酌春缸舞干何孑孑擊
鼓何鼕鼕麗曲被朱絃清磬和考鐘尊卑同一讌遭遇
靡易逢豈惟浹和樂厚在肅儀容自昔周室時君臣期

令終頌歌詠鳧鷖錫予賦彤弓其慶何綿綿其音何渢
渢所以億萬載慨念思無窮小臣奏雅章稽首對九重
別知已
北風吹征帆飄飄西南馳山川聿脩阻霜露忽淒其令
我遠行邁豈不念歲時歲時豈不念簡書良在茲翩彼
晨飛鴻翱翔亦何之感我同袍友慼慼懷仳離仳離雖
可懷觴酒當載持各言崇令德金石以為期
明發

膏車待明發逶迤上河梁親朋羅祖餞冠蓋燦成章遲
予良繾綣都門猶在望條風被原隰春日當載陽鳴鳥
餘好音雜葩紛衆芳魴魚始登薦旨酒屢克觴既醉復
贈言欲去故傍徨維周仲山甫王命慎所將夙夜無有
懈庶幾終允臧斯言啟深省朂哉何日忘

君子慎所擇

君子慎所擇結交當結心苟不易所守憂患實相任在
昔管鮑氏友愛殊獨深意氣一見許乃能輕萬金桓桓

松與栢託根泰山陰玄冬氷霰集鬱鬱自成林維澤有
蘭茝苾芬思可紉豈比榛枿叢凋瘁易相尋所以君子
交愈久愈足欽吐詞罄肝膽炯然同照臨夫何庸俗徒
狥習等浮沉茲意邈難寫浩歌彈素琴

朝日何曈曈

朝日何曈曈澄輝麗華嶼衆鳥欣已集交交互鳴語緬
懷當來遊旌麾戒炎暑樓船渡炟霧彌節葦之渚葦渚
隘卑濕夕氣瞑蒸雨偃仰憑危閣何以浣襟宇適茲凉

飈至高蟬振鳴羽清芬散川原微瀾動浦漵誰云披景光寧不感時序獨立暢余懷馳思更延佇

對菊答友生

江郭秋已闌風氣日餘肅蟲鳴徧衰草音響亦何促閒處積素抱無以娛心目喜君林壑彥遺我紫桑菊把玩開晴軒芳枝動幽馥靡靡含朝暉踈踈間寒綠餅罌置美酒相命屢徃復吐詞不在繁累觴須再續寧云乏珍羞聊因薦芳歎持此宜冲襟愛之比良玉掇英知永年

慇勤為君祝

壯遊奉東諸閣老

壯游吳楚外揚舲遡天風名山浮紫翠大江走蛟龍歷覽思超越毛骨生氷雪脫巾漉清湍舉手弄明月明月懸青銅古人難再逢牛渚委陳迹峩眉斂愁容九華舞傞傞窺見滄溟底小孤立亭亭徘徊女羅裏流宕悉湖湄峰巒愈出奇幽深搆樓閣峭絶挂猨猱放意自陶寫援筆洒秋泚神怪遁窅冥魚鳥覺欣喜路逢丹丘生來

自赤霞城麻姑後飛舄子晉迭吹笙湖光瀲灧開雲壓
蒲萄綠狂引黃金罍笑歌紫芝曲左蠡素相得當湖忽
見迎揚瀾平一掌中有黿鼉行振衣扳鸛巢捫蘿踐昔
石厓氣凌空青松花墜階白犂首匡廬下調笑烟霞間
屢會復屢往今往幾時還叢蘭被路蹊芳草縈礀谷長
颸和鳴鸐迸泉驚飲鹿須臾面五老邀我山之陽授我
長生訣兼遺洞玄章問我從東來迢遙泛鯨波三山得
無恙十洲近如何傍招廣成子俯挹山中老鯉魚躍大

江鵷鸞下天沼待以青精飰酌以白玉漿乘龍左耳潤
吠犬靈苗香渴烏漸斂翼拭目增晚色碧朶金芙蓉憑虛
落胸臆西南挺奇異江湖馳倘觀披披古蘭若丹靈燿
巑岏嘗聞遠法師堅坐東林下還許陶淵明共結青蓮
社又聞李太白酷愛香爐峯長安卸塵鞅欲歸巢雲松
往事既云遠顧我復來此濯泉坐樹陰下洗巢由耳綠
髮雙青童採芳留我行我行欲不行月高猨夜聲西山
招我遊明日過湖水笑隔南浦雲遙謝數君子

奉旨講賓之初筵并序

臣廣洋忝在諫垣初上鋭意於圖治蒐武餘暇延訪遺老從容賜坐討論古今鑒觀興廢兢兢業業惟恐有弗逮與夏禹惜寸陰殷湯日新其德周文望道未見之意寔同符而合轍也頃者博士臣梁貞用古詩三百十一篇輯成巨帙進供睿覽原之秦先生良卿周先生侍坐上躬親檢閱以賓之初筵一詩命臣廣洋直言講解顧念學問迂踈曷足發揚古作者之微

旨據經引註敬為演繹上亦為之興感乃曰衛武公一諸侯也九十衰耄尚能令人作詩自儆復令人朝夕諷詠期於不忘矧令以可為之年當有為之日何不激昂黽勉耶仍命臣廣洋繕寫數十本頒賜文武大臣俾揭於高堂欲常接乎目警乎心以古賢侯為自期視武公初意尤昭著而浹洽矣竊惟方今文武並興賢哲彙進其間老於文學者或皓首一經朝溫暮習行詠坐思似若有所得也然片言隻字之奧猶

不能不窒於懷況當經綸萬幾感悟一語渙然氷釋
發為昭代羙事其濬哲文明得非天縱者與臣廣洋
適際斯時敢不拜手稽首敷陳萬一顒俟後日風雅
君子於是乎書

維周臨九有運祚何其昌本支既蕃衍道化亦流行粤
若衛武公展也令譽彰耄年儆畏深罔敢貽怠荒反躬
益淬礪托言敷雅章朝夕巽相接寤寐耿弗忘爰思庸
為詩燕饗禮極臧苟不究終始曷能豈抑揚時維肆筵

日冠蓋來煌煌秩然賓主分蔚然鵷鳳翔俎豆陳左右有核薦馨香旅酬倡讙虞八音迭鏗鏘惟云在和樂毋以踰太康請觀嘉會初靡不磬所饗史臣相我右監官佐我傍容止慎有節語言矜有常終希蹈桀𧄍勿為深之凉所以古君子勉勉念自强迨茲禮物既寧莫懷所徃三爵稍不識主賔實傍徨峩峩弁傾側傞傞舞趍蹌喧笑四座起讙浪殊未央遽俾出童羖而為中心傷所以古君子兢兢恒自將矧今創造始風雲運八方凡我

百執事豈不負責望般樂誠怠傲流連乃荒亡屛翰既有托啟居在不遑至尊宵旰問文武翕弛張攬轡奠民庶駐車問賢良匵抽金石封取鑒法殷湯上以繼神聖下以息搶攘芻蕘亦何幸培植紆寵光焉知作者意諷詠悉具詳據經掇訓詁庶幾於彿彷天容儼垂霽諸老賦顒卬拜手稽首書愚衷見毫芒彤庭扇微颸白楮浮清霜晴槐轉午影堯日正舒長

書泣麟圖後

麒麟素不出出則世道寅世道以不寅爾出胡不辰爾出胡不辰吁嗟乎麒麟麒麟果何物允矣獸之仁天性實賦予信靡豢與馴有角罔抵物抵物物不隕有趾罔踐物踐物物亦伸牛羊匪爾類麋鹿匪爾鄰誰俾脱於野人駴魯野民魯民疑為怪不以爾為珍苦罹物所戕棄捐道路塵皇皇宣尼父道逢古城堙城堙天四垂蒼茫愁殺人徘徊念獨往凄風吹日曛捫心静躊躕慟哭非爾聞野民反貽誚孰與究其因吁嗟麟之厄此道何由信

夫何姬轍東王綱日以淪春秋二百年托之南面尊爵嚴愼予奪勗哉萬世馴亂臣及賊子跰足走逡巡不有宣尼父誰將息紛紜吁嗟麟之死此道何復云慨念周室初君聖臣亦賢鳳鳥下千仞皇風蕩極垠騶虞美庶物品類實蕃殷囿以道義方培以仁義根斯民幸弗墜愈久愈不泯迨茲日益遠世道遂莫振所以宣尼父感嘆難為言披圖百拜餘識此眉目真靡敢事綺麗聊以慰斯文

省中秋夕

流火遵西陸新秋届在兹羣英罷趍謁夕漏滴多時肅肅繁露降飄飄凉風吹蘭蕤翳金井梧葉下彤墀從倚待清問張燈照薄帷六經浩淵海悠悠遺所思

奉簡兩司諸公

夙昔被寵遇寢興恒不遑況膺喉舌司寧不懷慨慷雞鳴奮臂起顛倒攬衣裳謨謀慮未周謬詢患未詳興言策吾馬載月冒嚴霜於以思補報於以思賛襄顧瞻銀

臺門衆星羅耿光長松結翠蓋疊閣峙鸞翔皇皇多士
集孰不希令望如麟瑞郊藪如鳳出朝陽舒徐大廷下
珂珮鏘琳琅讜論備源委疊疊各有章方茲勵圖治昭
哉崇俊良彌綸貴有道慚愧非我長憂與事交至惕然
熱中腸展也古君子示我以周行一言勤在公載言歆
對揚聲教由此宣風氣由此張用是慎黽勉稽首終激
昂勿為甘素飡中心徒永傷

用王璛登山詩韻

層臺凌空青盤距亦非臨偶兹寄玄想高朗足所快繁條翳青陰㲉林儼相帶靈鼇峙雲中疎鐘起天外于以干景精于以聆梵唄焉知澒洞間適與心意會在在山之陽凝颸振行旆

月出湖水明雲澄楚山碧涼飈動地來蒼茫思何極遐哉金銀闕臺構越千尺彤霞湛昭回白羽仰飛歷重遊感遲莫勝賞諧今昔云胡穹壤中而為物所役眷兹澹吏猶得酒聊自適

習靜齋為劉秀才賦

蜂蟻竟喧雜營營胡為生蘭茗媚景光靡靡安足榮若人達至理沖默彌自貞汎覽頫仰間端居念慮清終然得所適放歌南山行佳遊展嘯傲亦足暢幽情凉風吹衣裳流泉濯冠纓樂哉忘歲年焉知外物嬰

送叅政蔡思賢奉使西蜀

酌君白玉杯贈君黃金鞭君當遠行邁聽我歌短篇維蜀控西土相去何綿綿銅梁倚白日巫峽橫青天周原

開沃壤萬壑成奔川文翁昔領校風俗為之遷武侯繼
秉國綱紀乃秩然由來蜀故老念之如在焉君今肅將
命禮義重所專冠蓋宛相逺照耀江之邉澄江上新鯉
碧樹當離筵君行壯逺别慷慨薄雲烟兹事信足美高
誼良可宣聊因寫餘興浩歌秋風前

觀種蔬人

種蔬不滿畦畦大蔬亦長瓜瓠夸脩條韭薤被腴壤耘
耔勵昕夕灌溉益培養新苗抽露莖巨葉覆雲掌生意

日已敷闢土日已廣溝澮漸疏豁螟螣在祛攘靡靡充

盤盂稍稍積餅盎乃知天地間服力足有仰苟不苦心

志胡能奉餘饗為爾罄空言聊以寄幽想

題梁氏偕老詩卷

實應梁氏博雅人也與其妻洪氏俱年八十

餘一日同死鄉里歎羨求為賦詩

在昔有夫婦隱居隨巖巔饑食巖中芝渴飲巖下泉一

朝化雙鶴飄飄上九天蹇予好事者覽茲懷古先邇來

安宜生敘述梁氏賢交游崇信義舉指節周旋維容家
室間琴瑟恊鳴絃賓客敬相待子孫羅其前秋霜照白
髮逍遥各忘年世慮素超越一日同棄捐鄉里悉驚羨
詩賦多流傳我思人之死渺如風中烟偕歡尚莫遂偕
老難必然王國道化行仁風被八埏俾民生無虞俾民
死獲全我歌汝墳章再賡偕老篇一為梁所重一為聖
所宜

送陳克明陪師進淛與孫伯融各賦五言贈别

分得蛟龍得雲雨五韻

轟霆撼鼙鼓飛霧揚旌旄元戎事西淛大饗行南郊羣
舞士氣作拔劍揮長蛟
柳色何依依鳥鳴何喈喈陳師諒及時觀者為改容引
領待神捷歸騎看游龍
謝安本偉人樂毅乃豪客出處貴有時論議重有益君
看汗竹間勳庸匪輕得
武林古都會冠蓋游繽紛念此喪亂中孰不思汝墳願

言崇慰止厎以集如雲
回風來樹顛旭日麗江渚臨別贈長歌歌竟暫容與君
知大旱秋嗸嗸望霖雨

明發

迂拙本所尚謬膺時見知高車踵華要豈不日求思徂
春歷西垣托以國藩維茲辰遡東魯重以民命司撫巳
揆中素憂慼積如絲簡書遽臨門我何敢遲遲僕夫具
行裝明發大江湄朋情念遠別臨餞難為辭好風吹揚

舟旭日麗彩旗流波渺東注緬懷當若斯聖明極高厚
疏淺諒何為

遡沙河

輕舟遡河流信宿忘少暇委蛇遵大堤荏苒歷初夏晴
光汎流沫川漲益湍瀉游子念遠行假寐待明夜方經
鎦渡灣倏過鶴邨下嚶嚶山鳥鳴的的水花謝愛此堤
上柳緒風一披灑櫂師力張帆中流去如馬孤烟隔渚
生偶見捕魚者相顧不得言長歌恣陶寫

宿慈雲寺

悟生本無象所設誠幻境覽兹古蘭若稍獨眷脩整金碧開焜煌莊嚴麗高迥開士彌天秀見趣一何頴跏趺暢鴻音種種得要領我昔聞馬祖說法㝡馳騁空青雨花落鉢盂豢龍醒迨今古道場屹屹萬山頂信矣二三子沖素抱孤耿於焉愬微凉兼遂扣際肯掃地燃妙香汲泉試奇茗擴哉聞未聞融液在俄頃長松掛寶月坐見浮圖影蝠出簷溜深蛩鳴砌陰冷宵分始就寐逿然

發幽省

馬祖寺在寺東南前有出水寺泉極清冽傳云自惠山泉來

鳳池吟稿卷一

鳳池吟稿卷二

明 汪廣洋 撰

七言古體

過義烏拜顏孝子祠 名烏秦人

顏孝子爾雖生不遇時死有可模嬴秦虎眡吞八區阿房作宮咸陽都築城萬里非久圖吮民骨髓民骨枯鳳凰不鳴賢者逋虎狼在肘嬴識無當時孝子靡所蘇閉

門讀書懷遠謨有親在堂垂白顱朝食橡栗暮采荼山
空谷底誰與徒悲歌慷慨聲嗚嗚歸來堂上親已殂白
日慘淡天糢糊捫心向天哭不蘇愁雲在樹棺在途對
面非朋友側身寡妻孥出門暴風吹裂膚哀哀求人誰
肯俎人不汝從從者烏烏傷烏傷日就晡繼之以血將
其雛以喙助土不告痡至今故塚生春蕪嗟嗟頹孝子
特立太華孤秦日苦短不可扶王風斵喪世道汙衣冠
毁裂淪泥塗君父視之如豢芻荒凉古廟森雙梧饑鳶

下啄驚愁狐何人為子陳清酤我今下馬拜義烏義烏
義烏空萬夫

題孫植所畫馬圖為德明衆政賦

烟氛四塞山河裂海内人心望昭晰赤龍飛渡東南來
摩盪乾坤開日月當時際會乘風雲左之左之皆駿犇
騏騮寧數月氏種驪黄况是滎河孫朝蹴鯨波上荆楚
莫蹴燕塵過齊魯固知逸足誇騰驤實自雄才燿奇武
將軍禀賦雄武姿攀鱗每獨爭先馳十年跨馬事雄戰

乃復得此龍媒奇紫絲垂韁金絡腦慣向都門踏清曉
體如疋練氣如虹舉手真堪接飛鳥梨花吹雪東風香
蘭筋鳳臆森開張鏡瞳的皪瑩鉛水竹耳揮霍批秋霜
將軍歸來重追憶緩轡從容花下立故令毫素為揮灑
肯忘當初戰征日君不見長安昔數曹將軍畫馬愛畫
骨與神天閑十二總名馬意度經營殊絕倫又不見汾
陽亦有獅子花霜蹄卓鐵盤風沙潼關蜀道屢來往展
轉百戰開京華予亦平生事奇絕按圖對馬心神悅不

須更論畫者工且以汾陽為君説

五老峯

五老峯吾不知出於幾千萬載貌何古頭何童上有一老摩大空儼然長庚貫當中傍有四老何龍鍾彷彿南山之隱翁雲為衣天為蓋彭蠡微茫一杯大小孤大孤鬱相望五老笑談如拾芥嗟余太倉一稊米屢向峯前弄烟水明日東遊登泰山長挹諸翁碧雲裏

歌風臺

古臺秋風吹野蒿大江直下奔驚濤塊然崛起不數仞老氣尚欲憑雲高在昔六王戰爭已鮑魚風腥祖龍死崤函以西羣虎生豐沛之間一人起手提三尺風塵中敢與楚霸分雌雄入關先遂父老願屈身反比臣妾同楚霸炙手勢已極漢高虛心未安席喑嗚豈是興王謀寬厚却有回天力烏江合戰由一麾韓彭之功實在茲後來處置稍失序毋乃大醇而小疵故鄉故鄉歸去來搥牛釃酒臨高臺鄉中故老見天子慨想昔游今壯哉

酒酣拔劍大風裏自舞自歌隆準起願以猛士守四方
山川草木從風靡惜哉漢高之慮在目前於變時雍恐
未然此風徑開四百載那似周家八百年江湖小臣牟
馬走落日登臺重回首悵望長陵塵埃間還酌彭城
一杯酒

雙栢篇贈陳景仁

桐川官舍有雙栢歲久蒼髯森森立蜿蜒古幹蟠蛟龍
礧砢蜷根錯金石長風萬里海嶠來怒挾鯨濤撼虛碧

萬木已就衰百卉亦改色轇轕玄陰互開闔爾乃不受霜雪廹使君獨好事十月南省還駐車官舍頗清暇起坐正在雙栢間天空鶴巢雲渺渺月冷子落秋班班况當桐川歳時晏農務告成官事閒默然冠帶想晴日對此想像綏民艱豈惟耽彼樂聊復怡爾顔君不聞召公美化行南國手撫甘棠重游息後來歌詠思不忘愛樹真如愛其徳又不聞潘岳出宰河陽城種花滿城花晝明河陽小治亦稍輯尚有簡牘書令名君才遠抱歳寒

節逸氣孤騫凜氷雪明堂大開需棟梁引領相期繼前轍只令兵草連四方天地蒼茫日流血朝廷來治安丞相攬英傑君乎君乎當勉旃毋以我松事清絶為君長歌雙栢篇白露蕭蕭滴凉月

萬家湖

萬家湖湖水活濁浪排空噴流沫黃河不與淮河通瀦蓄洪濤際空濶昨日大船無好風推挽力與湖爭雄小船尾尾蕩雙槳超如脫兎輕如鴻今朝忽喜南風作大

船中流肆騰躍小船退縮莫敢行盡向黃蘆岸西泊萬家湖水空潺潺四顧不見隄與山但願長風不驚浪不惡大船小船俱往還

繁昌夾

繁昌夾繁昌夾口江流狹波濤洶洶雲冥冥蘆蒂蕭蕭風颯颯颯颯棹郎三日無北風背牽百丈行澤中前歌未斷後歌發野烟孤没驚飛鴻繁昌夾流深幾許繁昌人民夾前住苦竹截篙蘆縛舟打魚燒山自成趣人生處世

何為榮一褐足以安其生但得有溪可漁有土可耕何
用出入誇肥輕君不聞五陵公子多豪舉甲第連雲燿
飛翥朝聞鼉鼓擊春風暮見彤扉鏁秋雨

山有湫

山有湫雲蓊鬱風颼颼乃在章貢之陽崆峒之幽湫波
氷浸石骨底陰森樹木相綢繆上有千丈之翠壁下有
百尺之蒼虬神奇鬼怪變恍惚驅逐雷雨無停留今年
五六月稻禾乾欲死嗸嗸章貢民束手坐待斃嗟哉兵

困餘何以復如此山湫有靈聽我言爾龍宅茲久蜿蜒
安危同境憂樂然寧不一出為我民周旋坐令膏澤遍
四海力挽凶歲成豐年山有湫生雲烟

珠湖篇 在高郵西亦名甓社中有珠恒現

湖光倒浸玻瓈冷湖水瀰漫幾千頃中有峯頭玉井蓮
靚理凝粧照秋影湖邊老翁塵外仙鶴髮蕭蕭垂滿肩
手扶蘭槳暫容與為我拊髀陳當年當年四海無虞日
桴鼓不鳴風浪息老蚌啣珠高射天夜夜寒芒燿奎壁

奎壁聯輝清夜長美人亭上掬珠光春秋一經究終始
重在黜覇先尊王江淮風俗近淳古米穀年豐賤如土
驚犬何曾吠暮村多材已覺登天府孫華老湖上搆玩珠亭但對珠光讀書與弟覽皆登科註春秋行於世後來明珠歸海東野鷗搖蕩月朦朧
畫船盡日載歌舞滿眼嬌雲花鬪紅嬌雲滿眼觀不足
綠柳新蒲戲雙玉公子新裁描繡衣館娃學寫連珠曲
曲譜漸繁愁漸多夕陽流水竟如何一朝萬事隨轉燭
伐鼓鳴鉦戰艦過戰艦飛來截湖水緑幟牙檣半空起

列郡摧殘灰燼餘生民痛死溝壑裏老翁既言長嘆嗟
側身遥望日西斜殺氣憑陵氛翳合散為愁雲東向遮
我聞老翁如此語暫爾停舟坐脩渚聖人有作朝明堂
五日一風十日雨古來治亂信有時天運豈以人力為
終見明珠出海底致彼俗尚還熈熈翁聞我言不肯住
浪採蘋花入雲去回看天地兩茫茫款乃酣歌隔烟樹

題滄洲圖

南宫校里東吳客手把滄洲畫盈尺相逢江左求我歌

我豈深知畫無敵但憶昔人臨畫時彷彿盡日凝神思
峯巒隨意出萬仞點綴到處生秋姿陰厓磅礴老樹死
怒流漬激蒼龍悲瀟湘玄圃在眼底石門劍閣相參差
乃知好畫不易得令我一見三嘆之君不聞王維愛畫
入骨髓筆勢東傾九江水開元年間數畫師維也差肩
獨奇偉後來宣和收畫圖片紙落手千金沽輞川遺製
妙天趣識者至今稱絶無我家遠在東湖曲朝服晴霞
飲春渌何當著我雙樹間臥聽松風撼羣玉

凌歊臺

姑溪城北西風起臺構荒凉俯秋水美人罷粧鸞鏡塵
宫樹長年落紅紫我思宋祖行樂時五雲不盡來軿輜
錦筝銀瑟度華月瑠紗翠羽生微颸當時美人坐臺上
緑水青山互相向野禽曾逐烟際來翻得叢中數聲唱
美人於今去不還白雲亘亘愁空山空山唯有石泉水
彷彿清冷鳴佩環臺前野老頭如雪但云臺構民脂血
請君當歌慷慨辭毋俾令人繼前轍

香溪渡

香溪渡頭春雨時溪風吹青楊柳枝溪頭死者苦無數
白骨纍纍知是誰舟中老人向人語此徒乃是良家子
一身去家充海軍劄砦香溪渡頭水大軍萬馬西南來
赤幟白日青天開奈此縱横肆血氣至今白骨堆青苔
君不聞聖人用兵不得已伐暴勝殘濟時起鋒鏑之下
不可容要在人心識天理

寓史相故宅用郭奎夜吟韻

金張第宅連雲樹鳳凴鷗絃語春霧尊前月落人未眠門外烏啼天欲曙秋風蕭蕭吹客衣堂上主人胡不歸雕垣粉剥野鼠竄夾道草深官馬稀烏㭘蜉蝣朝生悲暮死荆卿長歌手挾匕鹿門乃有龐徳公白頭採芝近鄉里

題僧巨然層巒春霽圖

衣一無滄海客瀛洲仙貌如秋鶴照野田手持層巒春霽圖云出畫師僧巨然筆蹤茫昧不可識但見粉墨剥

落生雲烟青鞋布襪者誰子一琴一鶴相後先山中酒熟鳴夜泉碧桃流水春風前朗吟一醉三千年不知何處有此景興來欲放西津船與君笑傲金焦巔與君笑傲金焦巔

題卜子敬所畫脩翰竹軒圖為夏仲南賦

道人家在南山巔長日罷讀秋水篇邇來種竹不數本稍覺窗户生雲烟龍稍交交翠欲舉恍疑泊近湘江渚鸞鳳翻影雲背來高處風驚夜深語東湖隱者亦歌手

手把緑玉披紫荷清晨梳頭踏曙色到此徙倚聆秋珂

卜君之畫逈不俗卜君之容美如玉明朝擬買好東絹

請君冩我貧簹谷

幽逺亭

曲陽城外佳林苑翠竹蒼松夾清淺誅茆飛搆凌霄寘

佇目幽觀極深逺李侯伯仲神仙人棣花輝映蘭玉春

當時起坐此亭上揮灑翰墨成天真一别流光去如水

亭榭荒凉日傾圮松楸偃蹇雙墓間狐兎縱横夕陽裏

邇來感慨江之東白雲知子來秋空神悽意愴思莫極

為把濁酒臨北風

田將軍

田將軍爾能武爾能文年未三十思致君丹衷耿耿貫白日逸氣矯矯横秋雲雕弧二石不足挽有如騂騮一出空其羣我歌將軍行將軍聽我歌漢家名將二十八寇恂至今德者多寇恂獨何為愛民不忍咤遂令河内安以德不以力後來論功數晉陽文武劍佩參翺翔將

軍無乃踵其事異日何慚輔漢唐

過通許乙未年廣西軍戰敗於此迨今人馬朽骨迷滿堤岸

廣西少年輕學文學武游遠從北軍檄書催渡蔡河水

廣西少年同日死黄沙滂滂河水渾髑髏鎖血埋腥魂

惟有當時戰殘鐵夜夜寒芒燭華月

梁山磯

東梁山西梁山兩山掎角江之灣江流到山勢轉束銀

潢直瀉當天闕蛟龍宅其幽鷹隼巢其間沉雄詎能測

峭拔難為扳旭日洞射青紅殷秋風刮地吹狂瀾拏舟上遡力愈艱長篙脱手退即易巨纜曲脊行何難使人髮可化為白兩臂莫得生羽翰烟霏林冥冥石磴泥盤盤悒鬱坐此長悲嘆山邉老翁如石頑懸厓揷木坐碧菅釣綵萬丈墜波底問我西去何當還勸我且艤舟稍為半日留討論身外事拂拭心上愁向夜風雨磯上頭夔巴有客過我游請言蜀道險外此非所憂蜀山之高高不可與侔青天相去不盈尺猨獼夜號蛇倒泅蜀江之深

深不可寘摻陽侯譊浪騎黄牛白帝來時駟蒼虬人生毋乃困羈絆到此亦復從所由世間夷險本一致我心坦坦成安流我心坦坦成安流俛首謝翁言銘刻在肝肺遲明采蘭葉中流漾晴霽回望梁山磯烟深兩眉翠

戲馬臺

咸陽宫中驚走鹿海内豪强起争逐高才疾足誰得之楚霸垂涎几上肉彭城南面高臺吐氣揚眉躍馬來攬轡翻疑迸星電據鞍了不動塵埃行人側目高臺路

底信君王戲馳驁寧知酷意事鞭箠要取乾坤歸獨步
憶昨馳向鴻門中張樂左邀隆準翁凡馬誰令俱辟易
真龍天實啟英雄項莊拔劍當筵喜百二山河酒杯裏
馬知傍有樊將軍怒髮衝冠壯心起翩然得勢騰蒼鷹
坐使鵬鶚笑不譍手中玉斗碎如雪帳底貔貅冷若氷
事機一去竟莫舉蓋世拔山皆謬語虞姬痛别難再逢
烏騅欲逝從何許老我平生懷古心觸目興嗟愛遠臨
西遊七澤雲夢水東踐三齊泰華岑北來獨立高堂上

范增之墳屹相向黄河到海不復清此意令人絶悲愴

珠湖隱者篇

李白醉着宫錦袍倒騎長鯨鞭怒濤笑歌濯足九江水
睥睨萬象輕鴻毛先生早已避名譽遠棹孤舟弄雲去
夜深手把明月光更訪龍圖讀書處

趙仲穆山水圖為郎中董君美賦

吳興山水稱奇絶欲往見之不可得山如游龍水如練
寤寐神交久相識去年東征震澤歸偶向吳興泛久暉

浮玉山前酒初熟碧浪湖中魚正肥徑從買魚酌白酒
短篷繫在滄洲柳看山飲水無了期雪花飛來大如手
山蒼蒼雲茫茫別去懷思山水長今年觸熱上齊魯直
駕天風辭豫章江湖蛟鼉宅淮蔡魚龍鄉黃河下瀉神
激揚一息泰山青在望比來宴坐觀清濟却憶雄飛數
千里東掖郎官尤好奇酌我春風紫薇底手提名畫山
水圖派出吳興松雪裏求我試作山水歌為我素知山
水卷展圖累日怡心神水綠山青太過真聯鑣二子謾

馳騁我亦況是丹青人吳興書法妙天下筆意尋常寓
圖畫一水一山蟠籀文裴迪來時絕驚訝君不見司馬
遷生平足跡半山川主經奴死走百氏迴得山川一氣
先愧我長年事奔走耿耿胸中復何有雕蟲刻楮殊未
工默對江山玩星斗

捕魚圖為蕭楚芳賦

落花溶溶江水春江上好山如故人兩髯踴躍事辛苦
舉網截江遮巨鱗容儀頗亦類古雅匪特臨流羨漁者

天機妙發毫素間畫師豈是無心寫一髯長操百尺竿
一髯屹立當風湍後先指示若為語得失所繫何其難
綠髮小兒殊不癡解帶默默臨清漪偶然一飲坐樹下
鱣鮪有無初不期君不見任公子汎汎揚州弄雲水六
鰲駕出海上來未必竿頭能致此又不見張志和嘯歌
紫芝坐綠莎一經風月亘終古眼底屑屑浮雲過覽君
此圖動深省世間萬事魚戲鼎唯有渭川姜子牙直鈎
下釣蒼波冷

登會盟臺

金戈四塞烟塵裏游説縱横日蠭起喜則連和怒則攻瑣瑣會盟何足齒澠池城西百尺臺落落瀟瀟吹草萊白頭父老走相告此處秦王會趙來往年誦易連城璧已憾當初留未得一朝又約西河地勢欲平吞弱强敵秦王虎視函谷東海内諸侯皆向風邯鄲伊邇彈丸地秦擬取之猶彀中趙家賴有相如在肯與惠文增氣槪左右侍立如堵墻張目叱之如芥蔕秦王倚酒何見欺

豈以聲音趣所知轉柱撥絃未終曲抽毫伸紙已多時相如一顧聞秦樂瓦缶高擊侑王匀請王一擊為趙王頸血濺王心不怍酒闌會罷當澠池兩國陳兵目送之後來登臺念遺事慟及西周王道衰我思趙璧非為寶相如病後廉頗老季世焉知用郭開反手邯鄲跡如掃

班枝花曲

班枝花光華華照耀交州二三月交州人家花滿城滿城花開未抽葉焜煌隔水散雲彩羃歴緣空張錦纈信

非韓郎丹染根恐是杜宇啼成血啼成血着樹枝點綴穠芳也自奇嶺南到處足種此嶺北居人稀見之穠芳曉落花時雨東家西家具雞黍當門笑拾瑪瑙鍾持向城南踏春去交州地暖春歸早一夕東風為誰老翠苞半拆漸吐綿雪花填滿行人道越娃攜筐爭采綿采綿盈筐勝萬錢搓就瓊簪膩如繭繅成氷縷細如烟細如烟千萬縷綿綿到底知幾許的的燈煤夜結花軋軋機聲暗相語停梭掩袂那得眠吉貝相將下機杼并刀裁

剪秋江雲與郎為衣白且新鄉社年豐載春酒郎試新衣賽海神從今只種班枝樹開花結子兩成趣勸郎切莫種垂楊引惹長條繫愁緒

題僧巨然長江萬里圖

老禪好畫如好禪不到覺悟不肯息一朝縱筆恣揮灑萬里長江落胸臆我聞大江之水出岷山漢江之水出嶓冢兩江合流東向趨霧滃雲蒸變俄頃此圖乃獨見源委豈與尋常畫師比地形筆勢俱兩全白壁黃金謾

堆几又聞瞿塘之險天下無江水倒瀉山糢糊烏石灘
高浪濤急白帝城荒古木踈枯藤挂壁下猨狖苦竹緣
江啼鷓鴣展圖不得一見此令我扼腕長嗟吁世間好
畫豈易得討論應須待裴迪欲追太史賦遠遊直上岷
峩看晴碧

從軍樂

從軍樂右挿忘歸左繁弱天子有詔征不庭重選前鋒
掃幽朔出門萬里不足平宛駒照耀黃金絡去年鏖戰

葱嶺東今年分戍逢婆中逢婆城外一大雪半夜紫騮號北風少年忽憶慷慨事便起酌酒澆心胸酒酣耳熱聲摩空手舞三尺青芙蓉前將軍右都護壯士在榮不在富一朝馬上成功歸人擁都門看馳騖朝承恩暮承顧出入三軍稱獨步都門富兒空萬數人生豈被從軍誤

楊白花

楊白花爾何白蕩漾春心易南北嬓人深宮愁捧心擊

碎珊瑚為誰惜大江東流烟霧深欲往從之思如織

涉江采荷花

郎騎白馬臨江滸妾采荷花涉江浦郎情若比藕絲長妾心勝似蓮心苦藕絲長難綰結蓮心苦莫如妾天長地久此心存花落花開任情絶

長歌行

貧不干升斗粟富不欲方丈飧古來窮達等細事何用屑屑摧心肝萬金鑄寶劍千金買雕鞍出門得意青雲

端五花照耀春雪乾石家金谷果何在落花衰草秋漫漫君不見長安市上李謫仙十千取酒醉即眠有時長歌動八極往往鼓吹三百篇一朝掉臂滄江前眼底富貴浮雲然

哀蛩吟

西風院落無人語白露泠泠滴秋宇仰見明月河漢高咿軋哀蛩弄機杼咿軋咿軋機杼鳴綺窗飛度玉梭輕同聲合奏思無限萬緒千端織不成芳蘭夕氣浮金井

寶鴨沉烟翠衿冷蕩子從軍去不歸妾身抱恨愁孤影
此時此夜聞此聲更長夢短難為情銀缸暗擊玉釵碎
錦瑟斜移金鴈横金鴈斜横飛不起漫索餘音滿人耳
梨雲化作陽臺夢家書望絶湘江鯉湘江水流東復深
蕩子不歸勞妾心故将斂人萬斛淚瀉入哀蛩腸斷吟

狂歌行為葉宗海賦

西磵生文中虎人中龍身披紫雲口生虹九江秀色剪
瞳子出門一笑天為風十五即汗漫壯遊滄海東仰超

鴻濛凌太空俯拾雲夢吞心胸似非隴西之長吉何以結交皆巨公我才況是燕臺客深托黃金鑄龍骨長風吹來天際游與君相逢若相識君方解以狐白裘質以銀驄馬得錢即沽趙州酒挽起明河一傾瀉醉呼平原君大酌花樹下瑶枝妥香熏羽衣碧寳盤流接杯觴君先舞我當歌天為幙雲相和金罍倒挹春浩蕩玉冠倒挂氷嵯峨滁陽小兒走驚笑笑我與君將為何將為何誰知音白雲忽來知我心不見山公後習家池草深此

翁放浪有真意大道隆汙無古今罷歌回舞思莫極一
鶴飛下瑯琊岑

四禽言

不如歸去游子天涯斷腸處瞿塘峽口風浪喧祈連山
頭氷雪聚不如歸去
提葫蘆沽美酒富貴於人復何有人生行樂不及時坐
見朱顔成白首提葫蘆沽美酒
蠶老乏婦舍北舍南春已暮小麥蘄蘄大麥黃繰車挂

壁塵生釜蠶老之婦
行不得也哥哥巫山路遥湘水多桂樹叢幽啼虎豹桃
花浪濶喧蛟鼉行不得也哥哥

江陰老人謡贈吳指揮

江陰城中頭白翁面皺腰曲雙耳聾手扶竹杖官道側
向人欲語捫心胸自言往昔承平日老夫城中家富實
一從淛右干戈興官稅民差日繁劇大兒從戎行小兒
當賦役縱有老夫存連年避兵革元戎既退海寇來江

陰城中生綠苔人心洶洶樂變易殺人何異除蒿萊去
年自逢吳總兵與民為主民獲生官軍不擾民樂耕大
開濠塹堅築城老夫甘分守困寡不忘作詩謌太平

農家樂示寧國縣官

農家樂農家有田負城郭枯桑回青楊柳黃手把犂鋤
事東作城中近有能長官官稅民徭務從薄吾農但願
風雨時打鼓催耕轉村落千倉萬倉輸到官躋彼公堂
獻康爵三冬閉門喫飽飯誰人得似農家樂

憎王孫

王孫爾為何代客陵谷變遷歸不得衣冠毀裂不似人放浪形骸恣飄忽春山高高春樹蒼爾乃結黨成跳踉山下有田多百穀爾復蹂踐不得將喧呼萬狀絕可惡見人褻狎乃所長我獨嗟爾類不如狗與彘狗彘猶能依附人爾何為乎自輕棄

野禽鳴

告天兒何獨悲春令原上春風吹雄雌頡頏羽襹褷路

旁行人愁見之驀然擲起數百丈以聲叩天將為誰其音嘈嘈其尾佳佳喉乾口燥無了期使人聽之心膽摧中原板蕩十餘載五兵血戰三精虧黃沙漫漫草離離髑髏如霜骨如雪彼蒼髙髙知不知匪風下泉感於斯念汝微物知安危告天兒何獨悲

啄木

啄木啄木爾何為乎碌碌朝飛茂林夕飛叢麓倚利觜而斧堅索蟲螘以充腹其役何勞其得何足秋風烟隴

佳禾熟胡不從之啄金粟

鳳池吟稿卷二

鳳池吟稿卷三

明 汪廣洋 撰

五言長律

淛右苗帥率猺獠來歸右司王愷往慰之因其回作詩贈

昭代垂洪業皇風被遠人三苗馴禮化五嶺淨烽塵況值來歸際宜加撫慰諄茲行關國政重選得儒臣陸賈

曾通越張儀每到秦秪應談寸舌執與布深仁羽檄通
宵下星麾介曉陳冒雲扳石磴乘月度溪津崖氣沾衣
濕藤枝刺眼新野人爭共看屬吏候相親遠道經踰月
遐征未浹旬只今全補報曷敢後艱辛外閫趍迎久初
筵禮數頻片言垂懇懇百諾進循循上日回丹旆高秋
擁畫輪騏騮驚過電猺獠集懸鶉歸拜彤庭曉徐回玉
殿春啟居親顧問獻納賴諮詢將命功堪賦來宣事絕
倫為君歌雅頌想像畫麒麟

贈孫炎

拜命趨侯府持書出省曹官遊千里外公論一時高曉日鳴珂珮晴天簇羽旄暫為東楚别且醉太平臯祖席陳麟脯賓筵集鳳毛清歌來窈窕名酒挹蒲萄好奮雲中翮須持海上鰲贈言良在耳極意對揮毫野色薰青草瀾光灔碧桃徘徊瞻鵲喜彷彿及蠶繅疇昔成戎服陪行擁戰艘每同登虎帳恒得進龍韜況復膺新寵休云任獨勞漢廷思賈誼晉室望山濤多事煩經濟羣情

慰鬱陶撫摩深見托佐理未為叨周道期回轍强弓擬
載橐豺狼終見化蜂蠆亦何逃陋巷騰歡笑交衢絶慟
號九華應遠待飛翠照恩袍

送蔡元善之官銅陵

白面黄華使朱衣紫府仙儀容追典雅進退合周旋捧
檄長觀國宣威每到邉風塵雙鬢底江漢一帆前上相
憐多藝諸公念獨賢銅陵開舊治玉案喜新遷拜命兼
恩寵躬行在勉旃好扳潘岳駕莫後祖生鞭旦日催鳴

珮春華簇舞筵從來棲棘地鸞鳳豈留連

豫章南樓

適意緣清景馳思屬早秋眷馬臨勝地暫爾憩南樓楚岫雲中出章江樹杪流凉蟬汎聲響細草没歸愁鼓角三遑壯襜帷五月留誰知放歌者脉脉寄滄洲

鳳池吟稿卷三

欽定四庫全書

鳳池吟稿卷四

明 汪廣洋 撰

五言律詩

月夜登豫章南樓

酷熱不可敵起登江上樓焚香就華月援琴彈素秋高梧宿烏下芳蕙夕螢流覽物感時序清笳發暝愁

九日

長劒客千里一杯歌七哀晩節忽已至秋芳殊未開平
沙誰戲馬落日自登臺西北天垂逺滄江聞鴈來

寄孔愽士

疇昔同趍召鷄鳴候啟扉聯章門下進並馬月中歸掖
樹啼烏早風花委路微相望隔千里目斷楚雲飛

寄西掖諸友

玉簫吹鳳凰闕月冩滄浪故國幾時到高樓今夜長候
蟲啼露壁凉葉下銀牀無限懷人意裁詩逺寄將

忠勤樓諸老夜直余時守省作詩寄之

西掖延秋爽高樓倚太清玉繩當坐轉銀漢近人明上相思經濟諸公任老成不知前席夜曾語及蒼生

晝省夜不寐起行雙樹間遥聞唳孤鶴清響落空山凉露徐徐下秋雲故故還從來事幽覽頗與意相關

耿耿衆星白漫漫長夜寒萬方猶事武一榻豈容安零露沾琴席高梧下井闌永懷何以托詩罷遶猗蘭

露坐

愁極覺宵永坐深知露凉遣時聊命酒愛月屢移牀北斗回杓近高城下漏長用非疏附者撫事即蒼茫

小孤山

海門第一關蒼翠五雲間陰雨蛟龍出晴天鸛鶴還江聲春夜寂草色帶春殷欲往臨危頂因之望故山

月夜同諸友酌

休撥紫檀槽且傾黃濁醪凉天兼得月我輩復持螯彭蠡一杯大匡廬半壁高竹林瀟灑地應有醉山濤

祭徐孺子亭

高士不可得兹亭幸爾留偶來當暇日况復及清秋湖水當門落松雲傍枕浮幾時閒歷覽乘月放扁舟

晚晴江上

江水鴨頭緑楚山螺髻青鷓鴣啼不盡花發樹冥冥微風汎蘭槳落日過松亭勝境思彌愜漁歌隨處聽

西掖聞鶯

粉署春已晚黄鸝時復鳴落花蕩輕吹繁木翳新晴好

語多聯續餘音入紫清鳳凰池上客一曲送新聲

清風亭對酒

二月雨中盡一尊亭下開青山望不極白雲招可來啼鳥合芳樹落花委蒼苔遥知舊游者歌詠鳳凰臺

寄陳僉事

露白團秋草天凉悲晚蛩懷人當永夜看月上疎桐邊候風傳息畬田歲喜豐了知廵歷罷雙旆引歸驄

秋日憶故園

素得故園趣遠如南澗阿衆芳時既集啼鳥秋復多對
竹不及晦酌酒屢當歌去鄉僅十載懷之可奈何

郡齋秋日

帷幙公事簡齋居文墨閒開簾坐白日拄笏對青山謬
拙占微宦踈慵覺厚顔空令懷舊業心逐鳥飛還

歸耕叟

軒冕若為累田園信可耕寧知静者意不類曠達情過
江逢雨歇穿林聞鳥鳴得酒亦復醉陶然終此生

秋樹

墻頭兩好樹翠碧積陰陰落日風濤起滿庭秋意深繁條委砌石涼葉下衣襟況有行歌者聞之亦散心

登鳳凰臺懷孫伯融

故人不可見遠懷良未開烟樹暮雲合江帆春雨來含情望三益撫卷歌七哀聊以酒一斗擕上鳳凰臺

征婦詞

夫當戍關塞妾重事姑嫜見月驚離別裁衣欲寄將淚

先金剪落心逐蚕絲長想得倉庚語歸時日載陽

東葉匯

子獨抱遠器澹然陶至情素無圭組繫緬有林壑情園

涉愛嘉樹觴詠掇芳英余亦忘機者世紛非所嬰

宿浦江錢氏山居宋尚書錢適後

喬木蒼然者如君有幾家安居忘歲月適意在烟霞對

客開春酒當門掃落花萬方從戰伐全不廢生涯

四壁暮山紫千章春樹齊若人忘世故築室住巖西靜

日看雲出開簾聽鳥啼客來携子姪隨意閱新題

贈孫伯融之官池陽

江浦晚霞明桃花春水生來携建業酒送子池陽城臨發贈寳劒開筵彈玉箏况當理新國珍重在斯行

夜泊臨江城下

維舟近清樾坐愛江水深飛雨忽沾席凉風吹滿林當歌發慷慨訪舊縱登臨聊以寫緑綺因之清我心

曉經豫章城東

忽忽歲年暮感我去鄉思臨軒梳短髮緩轡過方池野
曠秋雲淡天凉露氣滋澹臺遺塚在誰與薦江籬

欒架閣督運宣徽

江色淨如洗白門三月春愁來别知已況乃是鄉人積
雨暮雲合東風芳草新宣徽耆舊在相見重諮詢
蕭何餽餉日漢業經營時一旦見圖繪千年垂令儀因
君當遠發倚馬贈行辭預擬旋歸旆丹青滿鳳池

排悶

布衣不任事恒似涉風波況值經營際其如會計何長官憂見罵小吏厭相過翻憶秋池上臨書換白鵞

登鳳凰臺

久游龍虎國每上鳳凰臺一水浮衣帶三山落酒杯東南形勝在空濶畫圖開有感風雲會從天五馬來

清夜

月林栖羽白露草啼蛩清秋帶銀河瀉涼隨氷簟生彈琴送逸響酌酒散幽情賴有同袍者俱為江海行

寄省中諸老

台衡森列宿伊邇紫微垣諸老臨清地匡時在直言醴泉方浩瀚鳳鳥任騰騫我獨南征久年來憶故園

贈李士良之官宜興

近美除州牧多言用舊臣正須宜令德毋乃為斯民沙暖潮痕淺城春柳色新應思陽羨路日日望車塵

柬孔都事

一日不趨省寸心何以安閑門偶自適力疾强加餐廣

野衆星出高城瞑鼓殘思君進謁後歸騎北風寒

西施灘

東越國已泯西施灘尚存天垂芳草地漁唱夕陽村荇帶牽舟楫羅衣拂酒尊杜鵑緣底事只管下啼痕

宴建德南樓

綺席張新宴華裾縱合歡蕨漿調碧盌魚鱠縷氷盤高閣宜開晚輕衣不受寒坐聞彈錦瑟凉月在闌干

秋日用張都事游田墳詩韻

命駕來游日看碑數歷年紺雲籠淨剎碧草上遺阡野興三山外秋聲萬竹邊應逢大小朗煮茗試新泉

登蔣山望江亭次韻二首

絶頂出華構有時來一登曾將六朝事閒問百年僧寓目誠多感投身愧未能暫留林下夕江浦散漁燈

每到蔣山日令人老眼青溜泉深處落獨客靜中聽蘿徑依禪榻苔函鎖佛經更須臨絶頂一上望江亭

九日答郭生詩韻

眺望思彌愜況當秋序殫微烟澹遙水落日下平巒每
喜疎花發得遇知已讙壺觴且清話聊樂復何歎

送院判俞子莪進兵番易

江東風日晴把酒送君行好慰三千士將收七十城烟
花催疊鼓雲騎擁連營山越人争喜殊方自此清

和主敬陶員外詩韻

相國深圖治郎官早見親每膺前席夜曽屬後車塵種
竹思儀鳳將書究獲麟憂時生白髮逈比向來新

贈歷陽令

縣宰張公子能官且好文擬將清白節報答聖明君撫卷歌秋水揚舲帶夕曛雞山何處是西望碧絪緼

風雪大作子敬寘酒喜朱伯徽尋魯曾志敏同

天寒棲鳥定野濶暮雲多奈可山城寂其如風雪何感時將白髮處世尚彤戈賴有王都督徐徐動雅歌

凍雪迷山屐寒風襲毳袍干戈猶未彌吾汝豈辭勞大字傳飛檄深杯送濁醪老懷殊自喜早晚問包茅

題玄同子卷贈考功葛元德

吾愛玄同子須眉氷雪清一言辭職去九轉煉丹成句曲陶宏景涔陽竇子明相望隔千里松鶴倍增榮

憶建業

江城秋宴日公館雨來時縱得陶潛酒難澆宋玉悲浦雲寒易濕汀草暝先知何以長干道悠悠我所思

豫章秋日聞鶯

杷樹葉半脫不禁黄鳥啼興闌緣夢斷愁盡覺聲低南

浦涼雲薄章江碧草萋終非舊閒處花發鳳池西

贈卜明府

聯轡出東野長歌贈貳車要知勤庶績方不負新除好日開春酒晴江上白魚明當有嘉政取次為君書

送李員外往臨川議事

四牡動鳴鑣雙旌擁使軺省郎臨政日郡吏候來朝送別當秋野行吟過浦橋煩將經國事細語霍嫖姚

贈周卿往臨江

秋風動庭闈游于賦無衣謾托青雲想空令白日飛江
流來浩蕩樹色帶依微西郡多明達停驂候遠歸

奉旨詠五明馬

九尺風神異五花春色明璠璵裝絡腦珠貝結繁纓霧
滃來天沼星馳過石城千金逢伯樂一顧未為輕

答友人夜直詩韻

碧樹秋聲滿彤庭月色高故人待清漏永夜直東曹聽
履鳴瑤珮飛觴看寶刀猶能臨素壁和露點霜毫

野興

野興自不淺秋聲何復來樹深寒易作門僻曉慵開擬寫江淹恨慚非宋玉才素琴多雅調稍理向池臺

鳳池吟稿卷四

鳳池吟稿卷五

明 汪廣洋 撰

五言律詩

合江亭晚眺

二水澄白練一亭延素秋聊為庾公嘯因效子長遊月色瀉尊俎劍光衝斗牛更須舒老眼西北有高樓

月夜

默坐百感集高城初漏過起行明月底靜看落葉多候
蟲啼砌石凉蛤沸池波懷抱無由寫其如此夜何

七夕

七夕無盈刻雙星有定期明河徵素色靈鵲待多時簾
幙清歌度罘罳結綺垂織人新月底拜語向蛛絲

贈友生

幙府求才俊髯參早見招春江懷解纜秋日喜聯鑣白
紵辭偏好青雲路正遙十年戎馬内老氣逸天驕

與子十年故去鄉千里遙艱難悲晉楚慷慨薄雲霄起舞月光出長歌露氣飄秋風玉關外曾是老班超

賦江上停雲送周生省親

落日敞朱樓江雲瞑不流客依荊樹暗遙帶晉陵秋鳥外生歸思天涯念舊遊亦知親舍近早晚放孤舟

寄崔元初

晴軒種竹罷好月到窗時坐我長松下歌君流水詩暮田歸野雀清雨落山葵偶值南來使殷勤寄所思

送高廷琇之揚州

君家賢伯仲理櫂上揚州一别懸知遠幾時還共遊暮雲生楚樹涼雨過邗溝後夜遥相憶月高人倚樓

贈李府尹

太守承新澤諸公贈好辭近聞初度日正值上官時園棣聯春萼庭梧長玉枝比來歌二羙聊以慰相思

送别判劉秩之徐州

彭城必争地兵後竟如何庶事煩經畧羣情在撫摩江

雲垂瞑遠楚樹入秋多感慨臨岐別持觴發嘯歌

題凝翠軒

都會稱江左山川勝洛中小軒開靜日積翠倚晴空雲卧巢松鶴泉流飲澗虹公餘宜引眺秀色在心胸

學靜齋為鎮撫易貴賦

唯我習靜者登君學靜齋竹陰籠小徑草色上閒堦默對芳春景漸消遠客懷吟餘清興愜鳴鳥更喈喈

交州南樓

久負烟霞想多為汗漫遊誰知嶺外客獨上斗南樓碧
樹藏蠻邏清歌發蜑舟西山餘爽氣早晚是新秋

嶺南新秋

繁吹動秋聲天凉海氣清深杯行竹葉高枕傲桃笙晚
樹依微出晴波瀲灔明醉來還自得覺我在蓬瀛

嶺南道中

過盡梅關路灘行喜順流湄江元到海橫石不容輈嶺
樹垂紅果汀沙聚白鷗從來交廣地還是古揚州

春日聞鶯

旭日麗寶樹微風生綺羅竹深涼翠合鶯轉落紅多岑寂懷人處間關奈爾何嶺南天氣好二月轉清和

題方塘

輕烟浮野色淺緑動秋渠好鳥時飛至令人心自如浣花紅日淨夢草碧窻虛更有於中趣閒來學釣魚

喜友得除

拜命榮何極來旬事絕難中天移列宿西郡得能官露

重蘭韆碧風高栢子寒思君舊游地誰與更盤桓

中秋對雨

百年多勝游得意在中秋月白露華滿天空海氣浮深杯行緑酒短棹發滄州此夜兼風雨令人有所愁

訪劉外史題詩見山堂兼美同行諸友

名賢劉外史令代蔡中郎結屋縁溪曲開軒待月光竹園琴席潤花傍酒船香見説陂南去何時有報章

醖藉嵇中散才名阮仲容良時不易得有暇即相從溪

靜魚依藻天凉鶴在松坐開金谷酒酌向寶珠峯

喜平蕪州兼得家書二首

五年煩膺思萬國繫安危訓武脩文日擒兇戮竇時卿雲垂爛熳彩鳳下葳蕤更喜河南北壺漿待六師

京國書來報蕪州事已完慈親膺壽考諸弟喜平安稽首瞻天舞焚香對日覲聖恩何以答銘刻在忠肝

看山

沿江多好山孤絶勢難扳膺隼飛騰上雲霞出没間崖

巔摩太古石脚浸蒼頑東下連滄海如渠有幾闗

夜過落星石

今夕興不淺月高湖水平穩乗白鷗子直到豫章城山酒開孤寂洞簫聞數聲匡廬青未了相近眼偏明

過昌邑山

解帶臨江渚移船近薜蘿岸沙留醉卧山鳥答行歌浪静天容濶雲低雨脚多年年事行役此地屢經過

青山

獨立眺空明夜凉河漢橫林疎容月色溪靜納泉聲興到詩堪詠愁寛酒易傾徘徊山露下雲水有餘清

再過西省

雲集欵芳渚星言送去軺敢煩君命重不憚宦途遥故邑將期到西山復見招簿書如易就當别在明朝

白髪

聖朝頻見取報效近如何名厠清時列憂深白髪多江淮移省檄鄒魯尚絃歌自愧才踈淺那能遂撫摩

長夏

凉挹溪山爽翬飛省署新鶯聲清過耳草色緑愁人濁酒傳杯重烏絲介紙匀吾儒公事畢聊復暫怡神

得杭州從侄壁書

自我離鄉井於今十六年汝親罹喪亂諸叔困顛連痛哭春江樹將書暮雨前幾時携汝輩歸種水西田

得風

拜命趍歸日沿流喜順風雨帆皆得意直下大江東神

物潛幽宅靈妃敞閟宮嘯歌橫短槊歷覽氣何雄

馬當山

江畔山無數馬當青出羣坡陀揩急水盤礴抗浮雲怪木懸春雨幽花麗夕曛緬思開闢際光岳肇初分

京口

江水白如練楚山青可人晴光生北固暮雨隔西津雲霧帆檣合金銀殿閣新眷茲天塹險直與海為隣

揚州

憶昔曾遊地於今有幾家濕雲纏戍鼓高柳聚城鴉玄
鶴去無跡綠蕪愁更賒盈盈江上月何處照瓊花

淮安

薄宦遊齊魯去鄉知幾千東流淮水急直下楚城連濁
浪橫衝海斜陽半在船我為官府繫長是涉風烟

洪澤屯

兵農古為一耕戰兩無妨重在人經理終期國富强服
勤遵往轍較藝得遺方灌溉尤多利雲山白水長

泗州盱眙

泗水開名郡盱眙擁大山雲林與城郭都在畫圖間淮楚鍾靈異烟霞恣往還從來形勝地造化默相關

神女山又名玉環山

神女去云遠名山依舊存珮環空寂寞巖壑閲晨昏雲木深藏廟淮流直到門無因停桂檝和露挹蘭尊

浮山

禹功疏鑿遠淮泗奠安流秀出岡巒好看來紫翠浮傳

聞仙境異軒豁洞門幽松栢蕭森處陰陰長似秋

五河縣澮沱濋沙入淮

一縣控衝要五河當合流生民逢喪亂治日免需求築地栽蔬短編茅住宅幽叮嚀單父宰愼勿事優游

釣魚臺

溜急沙隄險張帆蕩槳過計程知遠近趍事恐蹉跎蘆蔕千層合河流百折多釣魚臺下客空憶扣舷歌

夜分

好雨滌煩暑夜分渾是秋沙明疑見雪月上可行舟涼氣侵牀榻清風入柁樓浣花村裏客只合住滄州

過潁州廢境

倡亂伊誰始頻年戰未休風雲隨變態淮水尚安流緑野彌荊棘黄沙慘髑髏移舟暫臨眺掩涕不勝憂

寓興

落日一樽酒狂歌淮蔡間停杯愛雲水解帶對溪山野曠月初出鳥鳴心自閑稍晴湍瀨急百丈費躋攀

陳州

淮蔡莫平野桑麻翳夕陰土風仍自古城郭尚於今世
亂人家少年饑草澤深適當開創始綏撫在經心

離汴京渡口

袞袞天河水雄奔際海涯一官辭帝闕六月上星槎平
地俄興浪中流忽湧沙瞿塘與巫峽神變不須誇

黄陵岡 元尚書賈魯塞河之處

坤寧信足羡河決豈為常重在脩宸德方能合彼蒼波

濤來洶湧畚鍤謾隄防感嘆秋風客蕭蕭愁白楊

曹州

河北生靈苦曹州最可哀兵興多在難水溢屢為災蒿草侵城合狐狸上塚來傷心寥落地一顧一徘徊

鉅野縣

廢邑開新治招來近百家未應供賦役聊可藝桑麻鄰里更相弔悲謳覺倍加徐徐訪遺落亦復事生涯

望嘉祥山

放溜數百里悠然纔見山凉風吹雨過好鳥背人還河
水翻銀浪岡巒擁翠鬟不知幽谷底能得幾家閒

宿嘉祥縣

落日臨茲境蕭條太古初十年逢水溢一縣盡巢居地
逈魚龍盛山空草木踈渺無涯涘處何以事耕鋤

離濟寧汎舟北行

楊柳娉婷緑荷花旖旎紅魚遊華蓋底人在鑑湖中太
白拈春酒輕衣受晚風龜蒙與皂繹只隔片雲東

鞍山泊

纔入鞍山泊河流陸覺寬晴波來浩浩空翠鬱盤盤鸂鶒眠沙穩芙蕖挹露寒天然開勝境總在畫圖看

梁山泊

河水滔滔潤梁山奕奕雄洪流連海外巨鎮擁齊東石洞含晴靄楊林進晚風無因躡飛蹻高處望黿冢

在省晚涼

濕熱愈炎熾端居念遠游雷霆催急雨海岱入清秋素

魄雲中出微涼葉底浮汲泉供瞑酌掃地坐來幽

公餘

政劇理常簡公餘宜咏歌移牀避堦草和月盼庭柯露下綠秋重螢飛向夕多銅池涼可掬蕭爽動蒲荷

歷下秋夕

掖垣嘉禾秀秋實何其蕃天迴月爭彩風凉露漸繁疎蛩鳴唧唧驚鶺去翩翩坐久愈岑寂幽懷誰共言

秋日濟南聞鶯

簾幙捲秋晴閒關聞囀鶯柳邊迷過影花外度新聲簧
舌調來穩歌喉汎出清碧雲浮綺榭疑在錦官城

漁樵清會圖

烟潋收歸棹雲山罷采薪相逢岑寂處總是畫圖人野
蔌供芳蔌江魚得細鱗瀼西村酒熟此會最清真

中秋寫懷

前年合江上去年南浦中沿流愛明月挂席任西風秋
酒酌不醉林花看更紅姮娥應笑我今夜客山東

濟南喜得家書

阿丈憐余甚家書寄八行且云添驥子還可慰萱堂自念十四載壯遊征戰塲寸心無所昧出處任穹蒼

又

一心憂國事何事更關情慈母憐垂老癡兒想學行乆違甘旨奉遥隔四千程感慨秋風裏隂蛩勞夜鳴

鷗

人言海鷗白我愛海鷗閒野水際空濶溪雲帶往還素

心終自得機事不相關鷹隼獨何物騫騰狐兎間

答張徵士韻

斗南曾獨步白下早聞名飄逸晉三謝威儀魯兩生春杯黃秋酒野飯碧芹羹擾擾風塵者誰能得此清

贈鄧司計煥

層冰出幽壑清見古人心念子久相别知予何獨深偶逢齊魯地共醉松栢林細把白駒詠毋為金玉音

贈張典簿璿

伯樂過冀北人言冀北空固知神駿出不與凡馬同世路驅馳外天閑十二中從來明聖日駕馭必英雄

宿宣城山家

委曲疑無路幽深別有天偶披青嶂入得與白雲眠樹密巢歸鳥溪廻響暗泉草堂終夜寂高枕聽鳴絃

泰山

絕頂望神州淋漓紫翠浮天低衆山小星拱一峯秋雲氣成龍虎嵐光蕩斗牛北恒與西華引領日東頭

雲亭山

飄飄學仙子遺跡閟空青欲往尋芝草因之采茯苓數松晴雪在孤嶂暮雲停應是蛟龍語山靈夜出聽

大汶口

傳云大汶口秋夏水平洲一雨稍成滯衆山皆合流我來閲飲馬誰謂不容舟無數盤陀石衝波回萬牛

嶧山 在鄒陽縣南

言從邾子國行過嶧陽山地迴烟霞古天低紫翠般紀

城人已去遼海鶴應還聞道秦碑在顛崖老樹間

嶧州古邾子國

世亂遭多難斯民苦屢遷山圍邾子國草上漢儒阡王事催歸日寒天逢暮年二疏遺廟在不得久周旋

滕州自曲阜魯國至郳子國滕國薛國山川相望不遠二百餘里

有周開列國聯絡太行東控制三邊外遨遊數日中山川存古跡草木尚遺風予亦東之楚長歌意氣雄

梁城道中

平原遺巨壘云是古梁城樹木童童出鴟鳶帖帖鳴澄
空來急吹何處委芳英往事隨流水淒然傷我情

桃源郭外

驅車大隄上四顧多草萊嚴吹崇朝止層凌蔽岸來行
行思古道故故立荒臺滿目皆陳跡聊將濁酒開

過澠池憫旱

風沙撲面吹疲馬猒行遲迢遞經函谷崎嶇上澠池遺
民遭喪亂久旱轉流移不有甘霖降何能脫死危

望嵩山

鞏洛縱遊觀嵩山勢鬱盤三呼開頂洞四岳壯維翰松偃形霞古雲凝紫蓋團應當作霖雨沾足救時難

過鼎湖得雨

好雨來天闕層雲覆鼎湖九農承厚澤四海慰來蘇豐稔行將見炎蒸坐覺無老夫殊有喜狂舞動三呼

贈張主事關中講究運道回

關中兵旱久黎庶竄亡多重感朝廷德頻煩使者過舟

車資餽餉田野動謳歌寄語諸明達遐方在撫摩

嶺南喜得家書

稽首開書札傾心想面顏一官居嶺徼萬里别鄉關最喜慈親健都忘兩鬢斑尤聞小兒女日日望回還

登海角亭

海角固云遠人生罕見聞一亭開澒洞四壁動塵氛月暗魚龍伏天晴島嶼分比來舒老眼浩蕩氣凌雲

鳳池吟稿卷五

欽定四庫全書

鳳池吟稿卷六

明 汪廣洋 撰

七言長律

上壽

節鉞專征握帝符東南黎獻望來蘇長驅白日浮雲淨直掃滄江積翳無紫極高秋逢電繞彤霞清曉聽嵩呼諸侯玉帛承筐篚殊譯河山入版圖五福載陳昭往昔

百男重頌溥歡娛不期赫赫銘彝鼎況乃乾乾究典謨
虛席每延多士語解衣終見遠人孚周家仁厚流芳盛
端與明時作範模

大祀圜丘喜甘露降應

至節圜丘祀顥穹先期法駕幸齋宮山紆紫氣排雙闕
日射紅雲擁六龍八表清明羣動喜一誠感格百靈從
霧垂甘液凝珠顆松偃香甤合翠幪凡物均霑神物化
天心允與帝心通絶勝寳甕陳終夕奚待金莖倚半空

漢苑醴泉非旨美梁園瑞雪謾形容小臣際遇承恩澤
涓滴何能答九重

鳯池吟稿卷六

欽定四庫全書

鳳池吟稿卷七

明 汪廣洋 撰

七言律詩

范蠡廟

越王去國將危日范蠡歸心用計時千古君臣難再遇百年耆老尚興思空簷暮雨巢乾雀遺廟春風哭子規惟有西施灘下水浪聲東向不勝悲

讀吳越春秋

口血纔乾又復讐總無誠意為東周夫差只愛容狂佞句踐殊能用智謀檇李郡還輿土廣姑蘇臺就麋鹿遊高情獨羨陶朱子萬頃滄波一葉舟

姑蘇臺有感 丙午秋大軍圍蘇州余奉命計議軍務感而賦此

何事夫差日漸淫都將興廢付登臨霸圖反手歸嘗膽醉魄流涎屬捧心臺土尚存芳草合鹿麋空卧古苔深唯應胥口波濤急百折東流感至今

夜過江州偽漢故都

此地當年建翠華歌鍾雲沸五侯家眼前誰是池中物身後徒為井底蛙午夜長風催桂檝滿江明月浸蘆花琵琶哀怨今安在惟有荒城寄宿鴉

泊舟左蠡寺 王師與偽漢戰於此

鳴鴈嗈嗈集野田白沙如雪照行船秋風一阻經三日客子重遊已二年左蠡碧流烟雨外匡山青落酒杯前空林老衲猶思治解説王師奏凱旋

送魯志敏往番禺兼諷諭吳德廣

江左誰為保障臣感時臨別重敷陳蘭陵大饗千秋祀越國終全六郡民莫倚峻關嚴虎豹好圖高閣畫麒麟燈前預擬旋歸日聯轡鶯花二月春（陳霸銑歸陳為蘭陵太守汪華歸唐封越國公皆歆人也廟食俱存）

豫章中秋

丹桂吹香玉宇寒緒風如水月如盤空傳許遜驂黃鵠不見文簫逐綵鸞樂奏廣庭雲外落山連章渚鏡中看

賓筵有酒君當酌莫待秋霜滿鬢端

初夏

紈扇盈盈剪越羅麥秋時候轉清和雲飛城闕烟中遠星散漁家水際多小樹暮天收白蠟平蕪晴日放新鵞南州高士亭前客尤愛滄浪第一歌

和子常趙聘君詩韻

聖人予奪嚴書法曾託春秋二百年世道久嗟鳴鳳後王綱深著獲麟先閉門纂述無虛日直筆光華動燭天

還憶低頭拜東野紫陽山色落窻前

癸卯秋大軍圍武昌予極欲一登黃鶴樓不數
日復命還建業莫遂所懷乃賦七言以寄予
興

武昌城頭黃鶴樓爽塏迴挹西南州嶓江岷江於此合
古人今人無限遊天際一帆懸宿雨雲邊萬木下高秋
賦詩橫槊慷慨事笑指闌干近斗牛

雨晴

護龍河頭春雨晴黃鳥白鳥相兼鳴重來高閣寓幽目一望故園銷客情野花冪壓照江浦官樹依微繞石城想見六朝全盛日紫宮樓觀碧雲横

召赴京師别豫章

天子圖全念用兵國公承命任專征丁未年信鄂二國公平山東不煩麾下驅馳日已定山東七十城自古廟堂求勝筭只令河洛遂歡迎小臣愧乏旬宣力願竭愚衷答聖明

五年三復被綸音倚注唯專感激深甲辰冬開諭贛州丙午夏以中書參

議召還是年冬參議西省戊申夏月開省山東又召故詩中并紀之充國豈踈平敵策馬周終許報君心風雲際會成今古日月昭融實鑑臨歷歷楚山遥在目壯歌明發大江潯

贈劉秀才歸理鄉校

江浦風高木落稀江天雲濶鴈飛遲正憐張翰思歸日況值文翁領校時左蠡廟前山隱隱宜春臺口柳依依經行得意多題詠莫惜鸞牋寄鳳池

趙待制致仕還會稽

新開湖水水如雲三十年前憶使君京國相逢增感舊
辟雍長得細論文白頭喜遂林泉約紫誥欽承雨露恩
遥想到家尋賀老泊船來去棹晴曛

宋景濂承旨致仕還京華二首

力操鉛槧代櫜鞬贊翊無如子獨賢璧水屢游來後學
瀛洲高步領羣仙乞歸際遇明良日近侍從容二十年
況有兒孫能繼武鳳凰池上羽毛鮮

巾車久不到潛溪溪上篔簹箇箇齊玉檢金封勞紀述

石田茅屋稱幽棲賀公共喜榮歸老疏傅誰言早見幾
此去東南形勝處知君一一有新題

贛上

兩江流水萬山溪雲霧蒸蒸動鼓鼙沙暖迴回鴻鴈到
草青偏有鷓鴣啼霜餘榕葉凋何晚雪裏梅花綻已齊
物候固殊聲教遠會詢蠻獠及雕題

錢博士致仕還會稽贈别兼柬趙待制

翰林待制近辭老國學博士今旋歸二賢出處不易得

自注同召至京同年告老一代文章屬有為祖席都門羅餞禮大鏞

東序足生輝若耶溪上春如海詩筆還當對客揮

題宋徽宗寒江歸棹圖

怪石奇花擁汴都上皇行樂在蓬壺不將深慮防侵侮

却把閑情託畫圖野艇風高晴雪重江天水濶暮雲孤

斷鴻一去無消息啼殺延秋頭白烏

韓國公曹國公暨中山侯等官奉旨詣嶽鎮海

瀆行報祀禮早朝賦詩呈别

天仗初齊曙色分筍班玉立候金門國家報祀循常典
海岳儲祥表厚坤龍篆重緘雲外去鳳韶九奏月中聞
此行端為通幽顯倚注唯應屬老臣

嶺南殘臘遣懷

一麾長憶出南京萬里車書載筆行驛路通關疑隴蜀
人家瀕海似蓬瀛三春地暖花爭發半夜雞鳴潮又生
公館莫言岑寂甚草蟲啾唧到天明

題清遠峽飛來寺

峽裏金銀佛寺開老僧傳是昔飛來菩提子落雲間石
薝蔔香飄月下臺江湧靈源通海嶠山横古翠接蓬萊
願詢往事觀碑刻閣向松陰掃緑苔

舟次横石贈同行崔檢校陳宜武

嶺外将軍如虎貔揷旗撾鼓錦征衣夕陽在船客未醉
春水滿江魚自肥歸路遠趍丹闕召寸心長逐白雲飛
笑歌歷覽思何愜兩岸鳥鳴深翠微

赴召留題英德驛

英德縣前多好山山峯擁翠出雲間人家星散盜賊少

官舍日長文字閒江水春容涵夕景岸花紅白帶春殷

愧無宋璟匡時策也自交州奉召還

再過曲江九成臺有感

聞說重華巡守日六龍遥駐九成臺山川高下難為險

風氣淳龐自此開渺渺蒼梧雲在望㠔㠔丹穴鳯曾來

令人不盡懷思處一道澄江碧似苔

楊瀾阻風夜坐

北風吹浪阻歸舟偶為揚瀾數日留几席清寒生薄暮
江湖長夏即深秋天低星斗光芒出月暗魚龍自在遊
坐待平明攀曲磴遠從匡阜望神州

答西城班右丞詩韻應制

聞君遠在氐羌北露宿風飡志不磨老去豈忘思故里
悲來惟復動高歌三冬沙磧層氷烈六月天山積雪多
對此何為甘寂寞聖明人物正蒐羅

答右大夫陳静齋詩韻

夔龍接武會風雲珍重麒麟閣上人經國正期行素志
讀書端不事虛文交遊有道陳雷在公論無私賈董存
預擬暮年尋舊約草堂下近浣花村

題日本畫扇應制

戎裝两两控驊騮沙瀨風高碧海頭畫袴輕衣馳白日
雕弓長箭射清秋軍容炫耀爭先出地勢縈廻取次游
保守固知宜講武當思安集在和柔

又

騶從如雲列滿塗囊盛橐載走諠呼信知島嶼多殷富故擬丹青入畫圖海底珊瑚光耀出松根琥珀等閒無緬懷楚國何為寶珍重遺編作範模

鑾輿春日幸鍾山寺

道林靈刹擁祥光法駕來臨日載陽五色雲中環霧旆萬年枝上發天香風傳鳴鳥笙竽合石蔭垂蘿紫翠凉擬對明時歌勝事愧無詞賦續班揚

題種山勝景應制

北山佳氣鬱葱葱高處深藏七佛宮松下鷴眠無客到
洞中龍出有雲從茶煎紫筍逢支遁藥煉丹砂羨葛洪
更欲躡鳬凌絕巘扶揺大塊鼓雄風

中秋寫懷兼柬諸省幕再用過字韻

爛醉新豐市上過馬周豈意有常何中朝自古徵求重
諸老於今際遇多病起風流殊不減詩成鬚鬢定應皤
東南餽餉蒙恩賜强欲行聞擊壤歌

又

玉門關外笑談過百戰寧論萬里何定遠收功誰得似
樓蘭遺類苦無多賦詩已慰三年别覽鏡曾聞一夕皤
傳道兩階千載舞豈應專羡大風歌

關中懷古

駐車豐邑鎬池東想像周家帝業隆紫鳳碧梧棲正穩
朱絃清廟奏何工分藩終擬蠻畿服治象初懸魏闕崇
習俗更聞勤稼穡只今誰不頌豳風

又

繚繞阿房觀闕崇旌旗五丈建當中萬人曾和千人唱一世焉知二世終水落石鯨埋碧草露寒金狄泣秋風九嵕五柞皆塵土無復離宮複道通

又

未央宮殿七年成武庫宏開列繡楹高祖不忘嘗苦戰鄧侯終欲厭羣情平籠鳳闕當秦嶺覆壓鯨波撼渭城後世莫加難逆料建章纔就又承明

又

唐宮聞說是隋宮一竭勤勞一享功始信經營能取儉

後來締搆轉為工翔鸞棲鳳連雲表拾翠承香結綺同

風景不殊朝市變短沙零亂語秋蛩

偕王伯安登凌歊臺

客子不樂登江皐江上古臺百尺高雲深輦路竄雀鼠

藤蔓翠壁愁猿猱已聞紫皇駐玉節況乃白日來秋濤

罷歌撫劍下臺去松樹滿山啼伯勞

答曹秀才

曹君與我近相得還可訪我西城陰固知把臂即為友最喜識面能論心彈琴屢愛白日静酌酒一醉青春深况復牀頭有珠玉寄聲愧之雙南金

夜泊昌邑逢程煕磨

两年不見程廣陵一見煕人眉宇青念亂每嗟魚鴈隔談詩還喜蛟龍聽白門酒好不易得昌邑山多曽屢經夜分舟子忽長徃令我相憶愁復醒

病中次陳檢校見寄韻

茂陵客子怕逢秋百歲長懷千歲憂六代雲山歸老眼
一江烟水送覊愁西風古調誰家遂落日輕帆何處舟
莫向鳳凰臺畔立碧梧啼鳥不勝幽
東湖把酒看明月勝會於今有幾人鄉國已非前日富
乾坤空寄一身貧竹西歌吹經年斷江上蓴鱸入夢頻
偶向建龍關北望碧雲秋樹擁儀真

題胡子徵春暉堂詩卷

三月好風江上歸心旌長共白雲飛輕舟晝泊慈母廟

芳草煖薰遊子衣呼名杜宇為誰泣入饌鯉魚空自肥
無復登堂拜家慶秖慚對爾歌春暉

畣友人軍中詩韻

石城清旦發蒙衝龍虎旗開斂戟雄鷃渚瘴烟終見掃
吳門佳氣亦何隆曹瞞勢迫須臾際宋祖功歸指畫中
會擬勞還行大賚百川成酒吸長虹

樓船江上馭飈輪豈但西南解戰塵錦幟揷天分列霧
鐵衣環日爍披銀襄樊只合歸王土雅頌終當賦藎臣

幕下從官誰得意陳琳草檄最清深
倚天長劍斫祅星排斥風雲氣愈精四海正思來鳳鳥
一軍深喜詠倉庚澄江白日傳飛艦伐鼓鳴鉦撼列營
想到匡廬延五老功成應鮮乞長生

廣陵懷舊

官栁陰陰鎖汴橋暖催晴緑上蘭橈花吟后土依然在
人去東風不可招紫陌漸稀春試馬青樓殊絶夜鳴簫
回看烽火連雲起應使江淹笑寂寥

贈丹陽令白謙

曾聞李白遨遊地多在雲陽古縣中詩筆夜題丹井月
酒船晴棹練湖風人家隔水深深見驛路看花處處紅
今日宦遊非昔日野蒿烟草蔓晴空

寄權都事

憶昔池頭倡和詩相逢曾是去年時每慚司馬恒多病
不及揚雄善屬辭積雨山城凝悵望青春幙府重論思
想應珂珮珊珊日芍藥當階午影遲

中夜寫懷寄歙郡諸老

湅墨團雅賦未成松堂重掩不勝清天寒鸜鵒聞孤寂
月黑蝦蟇報二更擁篲正須諸閣老投簪休擬羨門生
朝陽無限梧桐樹丹鳳何如為一鳴

使歙諭番陽

五嶺蒼蒼劍挿天肩輿高下似乘船殘年止有二十日
沽酒豈無三百錢野碓暝舂喧急水山樵寒雨隔孤烟
秪慙將命恒馳逐安得雄才配馬遷

到星源聞子敬王指揮得衆心且番禺有歸附

意賦詩為贈

歙山羣倚翠雲梯仰見長城堞雉齊陸抗已聞羊祜德

伏波安受子陽稽松堂夜色摇書幌板屋寒更送鼓聲

還憶肩輿舊遊地江東形勝似巴西

奉旨詠白兎

抄攞陰裏搗靈砂不使黃塵一點加立向月中霜脫穎

行過桂底雪生花赤烏翔集非專美丹鳳來儀足並誇

解得長生保貞素潔身長近玉皇家

奉旨賦天澤潤兵渡江之初

采石磯頭一葦過遠驅雲霧逐星河九江水濶魚龍盛萬國春初雨露多香挹旗旄紛綵色恩流草木藉光和洗兵會值崇文教那用重賡夜宿歌

過雲屯灘

蘿月紛紛星斗高雲屯灘上聽飛濤莫傷蜀鳥多啼血且喜吳儂慣刺篙風逆溪聲懸碧樹雨深崖氣入青袍

夜長把燭頻看鏡只恐年來變二毛

過犬牙灘

犬牙灘上浪喧豗好似瞿塘灧澦堆雲木籠葱含暝雨石門開豁殷晴雷沙禽引子排船過野獺銜魚趂水廻惆悵無因慰寥廓越山相對碧崔嵬

送唐師宗歸金華

桐樹花殘春晝遲星源門外送君時到家已是三春盡别路休辭十日期南省故交煩寄語東垣遺範慎論思

山杯縱飲終難醉謾託長吟寫素絲

過故宮

毀垣遺跡在烟霞麋鹿羣羣下淺沙山嶺浄銷龍虎氣
野人猶紀帝王家春風玉砌埋荒草夜月銀塘沸亂蛙
歌徹黍離情未泯小禽銜落刺桐花

别劉希敬

與君同理揚州棹卧看長天入翠微何事杜陵傷遠别
不如范蠡賦東歸春風小店梨花發宿雨疎林燕子飛

惆悵臨溪一杯酒鑾江江上日暉暉

過徽州別魏府尹

與君攜手鳳池東題徧春階芍藥紅況復雲山千里別

豈知風雨一尊同少陵老去憂多病王粲年來喜事戎

二十五灘烟水急幾時歸棹月明中

聞鄧僉院得徽歙民心喜賦短章兼美魏知府

鄧禹經營攬俊良魏徵匡濟事文章二賢往日尊伊呂

歷代於今數漢唐圖像星聯華閣曉諫書春滿御爐香

明時況喜雲仍在列傳應知倍有光

夜坐用郭奎韻

江城子夜動悲歌海内交游近若何愁到寒蛩啼露草
喜占乾鵲下庭柯謝安好為圖經濟王粲虛勞嘆轗軻
與子出門天欲曙馬頭斜月淡銀河

富呉左丞見寄登滕王閣詩韻并序

壬午年正月十有四日王師抵江西偽漢守
臣降附政行令肅野不釋耕市不易肆雖老

臣宿將罔敢干犯乃大會於滕王閣縱觀燈火懽遊連夕居氓扶老挈幼出入軍旅中綽有太平氣象余適持文墨佐戎事重念孟軻氏所謂不嗜殺人而一旦形容於今日寧不踴躍感激耶繼而以逆徒叛離師復壓境予亦將命往馬綏懷之暇求向之所登滕王閣者但見瓦礫紛披基址傾覆矣九月五日吳左丞自臨川以詩見寄予勉强用韻仍書此

以識所見之畧云

繡閣披雲倚暮寒江城雨雪徧峯巒半空撾鼓三軍樂
五夜燒燈萬姓懽相國旌旄來隱隱賓筵珂珮響珊珊
重臨謾憶追遊日獨有陽春和轉難

雉堞巖巖江水頭芙蓉香淨浦雲收舊時歌舞空遺跡
此地襜帷重久留歷歷烏鳴秋苑樹斑斑人上夕陽舟
数峯老翠簷前落想見當初帝子遊

題許旌陽祠畣吳左丞韻

劒氣稜稜夜不韜混涵江水戴靈鼇至人身後勲庸在新廟雲邊結搆牢荆鄂烟氛終見掃湘潭魑魅豈容逃春風簫管騰騰日多士瞻依莫憚勞

過褚磯有感

舳艫談笑竟成塵兵氣憑陵尚未湮楚霸自知空四海炎劉誰識定三秦潭心月黑魚龍伏巖穴風清虎豹馴惟有經行舊遊處淡烟衰草重愁人

鳳池吟稿卷七

欽定四庫全書

鳳池吟稿卷八

明 汪廣洋 撰

七言律詩

過黄州有感

甲郡繁華控上流郡中多半竹為樓楚茅巴橘通王貢越管秦箏貯客游萬竈顛危烟火滅幾人離散骨初收移船夜讀眉山賦一鶴横江月滿洲

快閣

西昌傑閣連城闕勝日登臨足快哉楚嶺重遮嵐氣合
贛江遥遞浪聲來涪翁詩思排雲漢坡老詞華被草萊
欲把一尊酹明月夜深還上最高臺

使贛諭熊天瑞

舟行到贛數千里江聲瀉碧山綢繆將湮未湮斷岸出
欲雨不雨晴雲浮謝公自足平生願司馬真成汗漫遊
明日旬宣應有暇鬱孤臺上望南州

風雨舟次萬安聞贛城未附

汩汩寒江照碧蕪陰陰官樹噪童烏一逢風雨留行色萬里雲山入壯圖馬武拔身終仕漢周瑜仗劍早從吳閉門尊大成何事慙愧公孫畫此謨

登鬱孤臺

傳報東門槖鑰開緩乘單騎陟層臺連營喜動旌旗捲遮道懽迎父老來雲擁龍驤通百越天垂象緯麗三台贛江流水深千尺願激餘波遍草萊

題瑞菊詩卷後并序

穆哩斯元之故帥也嘗仕於吳鄉種菊數百本秋芳爛開一本有二色詩友咸作詩稱其美余亦綴書卷末後穆哩公官遊海上兵革四起奔走南北聲問各無聞焉甲辰冬余承王命開諭贛州乙巳春守臣熊天瑞附順兩軍遂解入城召父老故官宣以上旨有龐眉皓首年幾八十者立於衆人中扣其從來乃

知為穆哩公公亦不記余為誰何訪故篋得
詩文一軸出示於余悵然追思已二十年矣
卷中詩文名字炳然手蹟如故但不知存者
今幾人臨風拜觀涕泗交集遂賦此以紀歲
月云

我對青山倦着鞭君垂白髮賦歸田偶來把臂三千里
却憶題詩二十年零落親朋逢亂日蕭條松菊委荒烟
臨風展玩長揮淚謾想當時思惘然

南詔

皇恩曠蕩被南陲嶺徼間關遂坦夷諭俗正詢司馬傳

觀風當見召公詩山厨和㲉蒸粳稻驛路含漿食荔枝

故老不忘鄉丈德年年來祭曲江祠

遠懷五月三日舟次雷港復有西省之行

老親獨往京城日賤子復上西江槎蔽水暫雖離膝下

關河可奈渺天涯千巖古木啼鵑鳥一路東風過杏花

遥想小兒初學語月終應是望回家

懷陳教授并序

余自甲午寓太平獲交於永嘉陳君天祥别後音問寥絶戊申年得來書且云於湖一别十有五載每思送舍弟子盛歸覲詩有曰朝出乘金鞍暮入坐錦茵人生固云樂不如歸見親此賤子遽還鄉里者誠有感於此也能泉楊縣丞至方知入贅皇猷出秉大政為吾道增重如賤子父母俱亡鬢髮盡白狀如六

七十歲人言之可為於悒余披誦再四夜寤

寂然不能無感君名善前鄉貢進士

於湖春日草萋萋十五年前憶舊題幸際盛時開幙府愧無長策及青齊江城四月楊花過公館三更杜宇啼念子不眠增感慨越山迢遞水雲低

過高郵有感

去鄉已隔十六載訪舊惟存四五人萬事驚心渾是夢一時觸目總傷神行過燬宅尋遺址泣向東風吊故親

惆悵鷿湖烟水上野花汀草為誰新

荆山 即懷遠縣舊誌九澗八河亭繞此山

荆山有玉名天下玉去山存縣治幽九澗直從松頂落八河旁繞石根流椒花委路東風歇雲氣彌空紫盖浮兵後可傷民物盡幾家星散住林陬

舟次塗山拜禹王廟

堯舜深嗟洚水流禹王専任八年憂力排漠泗歸溟壑咸遂蛇龍出海陬胼胝竟能安萬國衣裳端合會諸侯

小臣再拜塗山下瞻望餘光在上頭

下蔡縣周世宗駐蹕之所

傳聞下蔡開新邑曾是當年古壽州羣嶺陂陀圍楚野十城環璪控淮流風雲散盡豪華歇狐兎來游草木稠落日臨高倍惆悵八公山遠暮生愁

過壽州望八公山有感即之安豐

八公草木晚離離彷彿成人似設奇老氣逼雲含霧雨空青拔地鎮淮夷謝玄歸奏平戎日王猛徒勞料敵時

淝水不關興廢事夕陽西下浪聲遲

太和縣

淮河西與蔡河接八百里程無一家廢邑經年埋草莽遺民何處夢桑麻蟬聲嗚咽沿堤柳狼跡縱橫匝路沙惟有傷心舊時物毀垣高倚夕陽斜

許家窩

兩隄削立數千仞坡腳繞晴見曝黿河水到灣喧去馬櫂郎牽纜走驚猿桑畦不辨蘆花渚麥隴翻成楮樹園

若比舂陵凋瘵處許家窩上更難言

霸王城

重瞳徃昔矜無敵故壘於今只有名大抵喑嗚非帝德由來寛厚合民情皇風已蕩妖氛氣陰雨猶聞鬼哭聲念此膏腴淮楚地幾時田畯勸農耕

黄河 曹州抵濟寧周村河流横潰茫無涯際古云桑田變滄海不誣矣

發跡崑崙最上峯滙流奔突勢舂容天關直下無留隘地軸潜回有定蹤石激浪痕蹲虎豹船經桑罅走蛟龍

欲求縮地忘驚險正恐奇人不易逢

歷下亭臨眺

海子西頭歷下亭舊時臺榭倚空青濟南山水多佳麗工部文章最典型繞徑落花風瑟瑟隔窻啼鳥樹冥冥素琴擬待横秋月看取游魚夜出聽

趵突泉

濟南泉有七十二趵突泉當第一流山谷幽深開虎穴水心明白現鰲頭月升銀海波濤湧露濕金莖沆瀣浮

騎馬遠來閒洗耳怕聞絲竹沸清秋

過故翰林李慨之天心水面亭遺址

供奉歸來已浪游大明湖上貯清秋十千美酒傾山雨半百閑身對海鷗水面風生楊栁岸天心月過藕花洲自從爛醉吹簫去誰解臨亭汎夕流

題王明府歷下秋興圖

點綴秋容亦費思芙蓉泉上晚晴時景於佳處煩清賞興到無聲絶有詩天外好山來隱隱雲邊歸鳥去遲遲

更憐箕踞哦松者多是長安杜拾遺

新秋用贈省中諸友

晝戟森嚴粉署開沛然靈雨洗氛埃數峯晚翠雲邉出萬斛秋濤樹杪來齊魯衣冠逢治日國家文武萃英才欲憑高處紓吟嘯還憶年時上鳳臺

梅杖為西霞霍維肅賦

錚錚古榦鏘鳴鐵拄到西湖淺水涯素質可能鎔玉潤溜皮猶自着霜華臨風倚竹幽香在和月敲門瘦影斜

一段陽春舊清致等閑來伴老西霞

柬宣城俞用中兼貽郡守

聞君旅寓宣城日絶似拾遺殊可憐瘦蹇騎從官道側昔吟書徧草堂前孤撑老氣陵嚴武特立貧交許鄭虔郡中況有賢知己應是時時送酒錢

詔下諭平幽薊

日射卿雲擁建章内官催謁選鵷行已聞河朔平遺寇更喜衣冠遇盛唐露奏定隨丹鳳下天書猶帶紫泥香

朝回花底鳴珂珮不特凌烟獨有光

奉旨行冬至朝賀禮

寶扇初開雉影圓鷄人唱徹聽臚傳兩京雲集千官擁
萬國春從一氣先酒進玉杯承湛露樂當金闕奏鈞天
小臣際遇慚無補願擬南山頌萬年

自壽

腐儒今年四十二幸當堯舜聖明時堂中白髮慈親健
膝下紅顏二子奇竹葉香浮春拍拍棣花輝映日遲遲

寸心爲國雖無補不愧皇天后土知

梅信

雙江十月尋君處記得巡簷索笑歌往事依稀常在念暗香消息近如何閑憑南鴈傳氷雪試叩東風向薜蘿來復定期當七日政緣驛使寄聲多

梅魁

纔聽東風第一聲狀元高出冠羣英氷霜歲月殊先得桃李園林取次榮春到玉堂傳視草香凝瓊宴賜和羮

御溝楊柳含青眼應許樊兄是老成

曲阜縣

拜軒轅少昊墓於郭外謁先聖廟於魯城遂與衍聖公孔士行歷郊原披荆棘訪周公廟址靈光殿基於荒烟杳靄間及觀顏子廟望孔林蒼翠蔽蔚使人悲感交至不能自已於懷乃賦紀所見云

狐兎縱横走夕陽斷籬荒徑入牛羊可憐東魯成焦土

曾與西周奠故疆汶泗尚餘春寂寂龜蒙遥對晚蒼蒼偶披荆棘懷前古獨有絃歌思激揚

立春日過邳州

紅日曈曈出海東扶桑枝上曉雲融九農已兆三時業萬國均蒙一視同原鳥飛鳴乗淑氣隄楊揺曳受和風古邳城下河凌積誰俾銷沉頃刻中

夜過寶應縣

滿湖風浪拍隄沙雪壓黄蘆沒釣槎卧聽隔船歌白苧

起來和月岸烏紗故鄉近別無多地歸夢應知已到家
何日弟兄攜子侄海天烟雨藝桑麻

曉過高郵喜鄉人迎餞

賀監南歸酒正香一斑纔露鬢毛蒼最憐傾蓋逢知已
曾敢揚眉過故鄉風約凍雲開野色月兼晴雪動湖光
舊時親友多零落長是教人憶斷腸

過河陰觀楚漢遺壘鴻溝在縣南接汜水東有楚城西有漢城

廣武山前望虎牢淡烟衰草没城皋鴻溝豈限長江險

楚壘何如漢壁高此日登臨悲烏道當時南北混鯨濤

河陰老樹森幢蓋猶似鑾輿駐白旄

過杭州覽古

浙江亭下水如萿曲几閣窻面面開山勢不移天闕在

潮頭偏逐海門來梅從和靖祠前見柳繞蘓公隄上栽

知是國初全盛日滿城絲竹沸樓臺

鳳池吟稿卷八

欽定四庫全書

鳳池吟稿卷九

明 汪廣洋 撰

三言律

短歌行贈别一首

歌停雲酌春酒送君發為君壽彈青萍絃素瑟何以贈雙白璧車兒膏馬兒秣時載陽鳴鶬鶊戒僕夫肅徂征陟遠道揚飛旌慰爾民崇爾德君子心我無忒

四言律

采薇

甲午春渡江館於姑孰潘氏東軒作詩以寓意耳

采薇采薇山高路危采之盈掬聊以充饑薄暮無人踽踽獨歸其歸伊何路遠莫致焉得羽翰乘風而去念我母氏懷我兄弟日月遄邁其如憂悴翩彼晨風集于聚木載飛載鳴載生載育人胡不能而罹惸獨用作是歌以寫心曲

五言絶句

對竹

我家湖水上長與竹為鄰今夜月明裏相看如故人

挾彈圖

宮樹已聞鶯王孫挾彈行金丸非愛惜為爾好音聲

寫興

鼓鼕鼕驚濤急匡廬積翠重東林瀟灑地只合卧雲松

太華奇蹟三首

仙人白玉掌半出五雲間好去尋芝草移栽王屋山

華岳萬年松盤盂小可容清泠一勺水蒼翠起蛟龍
玉井落青天天開五色蓮自從釆華實又是幾千年

贈孫炎

建業孫公子文如李謫仙江頭看明月醉枕酒缾眠

灘行五首

花底住鳴鞭曉行灘上船上流風較穩百丈不須牽
上峽灘水急下峽灘水平鄰船夜相語兩日到嚴陵
聞道沙溪酒春來如蜜香買將千百斛取醉到東陽

灘上水平沙棱舟蕩落花吳儂不相識對面澣春沙

三百六十灘相逢相見灣舟師憐遠客數問幾時還

過吳城山

夜過吳城下不眠閒倚牕遡流雙櫓健摇月下西江

觀後堂秋燕

喃喃若爲語棲棲猶戀巢烏衣故鄉近好去莫辭勞

灘行五首

灘行逆上船楊柳畫橋邊正恐風湍急勞將百丈牽

雲壑生清籟松蘿掛紫烟沿流待月出徐放賀家船

章貢水流急舟行不覺寒櫂郎烟雨外争折小桃看

上灘如上天曾買越溪船倚櫂閒追憶於今第六年

灘水粼粼碧蒲芽短短青僕夫忘記念却道過嚴陵

江上

昔從江上去今從江上還家僮笑相語又過小孤山

大港口

夜宿大港口月林聞露蟬穩抛船尾纜莫近淺沙邊

雪中渡河

薄霧寒容慘殘年歸思多南京親舍遠衝雪過青河

過鴈門有感

淋漓杯酒邊虎跡出龍泉神物終呵衛將門四百年

五花澗

桑麻生暝烟沙磧露晴雪盡日不見人涼蟬自鳴咽

過池陽三首

山空雲氣收風定水聲歇雙鬢發短歌輕舟蕩斜月

放舟秋浦月揚舲秋浦風年年遠行邁往來秋浦東

每思貴池魚曾涉貴池水美人不招來松柏秋風起

畫虎

虎為百獸尊罔敢觸其怒惟有父子情一步一回顧

夕景

水樹和烟生人家傍沙語孤帆何處來驚鳧去如雨

六言絶句

山行

溪光靜如白練山色碧似朝霞最是一春好處雨晴人

採新茶

讌會清堂

勝日大開東閣臨池旋取鮮鱗只為梅花合醉不須風

雨留人

鳳池吟稿卷九

欽定四庫全書

鳳池吟稿卷十

明 汪廣洋 撰

七言絶句

過叢山關觀孫炎題壁

空翠深深啼竹雞叢山塞口日沉西數行大字光如漆知是孫炎醉後題

句曲山中

聞説昌陽可引年便從句曲種秋烟茅家兄弟如相識

贈我明珠百顆圓

汪口渡捕魚者

芳草渡頭歌竹枝晴天小艇放鸕鷀比鄰為報春醪熟

自起持魚貫柳絲

宿寧國山家

夾路蒼松鎖暮霞潸溪流水帶寒沙荊扉不掩雲長住

此是山中静者家

蘸溪亭

蘸溪亭上草漫漫誰倚東風十二闌燕子不歸春事晚
一汀烟雨杏花寒

送僧歸越中二首

白下門前黃葉飛楚人來送越僧歸遥知到日春初暖
應是霜林筍蕨肥
越中舊識梁間士說法曾無一語聞惟有手培雙樹在
至今蒼翠倚秋雲

贈張巨源老人

毿毿素髮僅垂領落落老懷殊過人七郡江山宛如故有誰曾不受風塵

山行三首

前村後村溪水涸大樹小樹梅花開一雙野鶴避人去四壁雲山傍馬來

米家圖畫不易得今日見山如見之偶上層巒縱游目不知駐馬已多時

曾聞東掖郎官說七郡好山如米多松風吹衣水流急
疑在王官谷裏過

再過江陰觀劉琪寫竹

劉琪素得洋州譜寫竹真如寫草書尚憶澂江舊游地

雨中燒筍食鰣魚

臨溪橋

面面溪山小畫圖山行不盡翠糢糊深林遺廟知誰祀
烟雨東風啼鷓鴣

臨溪橋畔柳毵毵橋下溪流碧似藍烟雨畫圖行七日

不知春夢繞江南

石磴盤盤卧濕雲山深瑶草不知春馬頭忽見梅如雪

縱有輕寒不着人

空谷無人響暗泉隔溪茅屋見炊烟東風故遣飛花出

知是桃源别有天

宿寧國縣

寧國城中聽雨眠元龍樓閣半青天翻疑句曲山中夜

萬壑松濤落枕邊

遊金華山三首

空翠盤盤下鶴羣仙家雞犬靜中聞東風忽遣廉纖雨
吹落松梢幾片雲

玄都靜者學仙處說在金華小洞天偶憶騎鯨滄海去
石田瑶草自年年

濕霧空濛啼畫眉澗山黃竹雨垂垂隔溪亂石如羊白
想是初平去後遺

夜過叢山關

山黑怕聞猿嘯哀關門魚鑰報重開徤兒把燭更深立争道前年使客來

宿井山廢寺四首

一井深藏數百家半宜榛栗半宜茶可憐兵後誰為主惟有長松寄宿鴉

四壁雲山擁翠屏上方零落鎖寒扃秖緣喪亂無虛日顛倒琅函貝葉經

澗水泠泠響石溪舊時亭館半高低杜鵑儘有傷春淚

啼到山深不忍啼

破屋哀哀啼老孀祇因兵後又年荒一家十口存無二

廢盡門前陌上桑

宣城道中二首

雨花臺下承明發盡日王維畫裏行到此溪山愈幽絶

令人想見謝宣城

萬壑長風吹老髯輕雲時送雨廉纖暫停候館拈春碧

愛殺春盤野薺甜

過茶園二首

竹雞花外弄輕烟桑柘深深雨後天過客曾聞遠人說嚴州風土半宜綿

打鼓發船灘上去健兒羣立候晴暉明朝又是嚴陵道無數青山尚客衣

讀陳都事贈術士鐵硬斷詩用韻

新逢逆旅酒家仙濯足長揮子母錢袖得元龍詩句在

數行行草似張顛

醉中往往賦巢雲顛倒林宗折角巾却喜老懷多放逸
敢將奇語動時人

歙中右族老雲孫半百年來住鹿門三日山城好風雪
可能來訪浣花村

席中用趙子常詩韻贈魯志敏

白髮近如春草生可恨十年成底名雞鳴拔劍背燈舞
風雨草堂銷客情

山城駐馬四十日斗酒日飲飛將軍龍居近報有鳴鳳
詎可不往求一間龍居地名也
紫陽隱者卧癯鶴大雪閉門書獲麟魯連高誼在老眼
極意放歌俱絶塵

過浦江縣

官樹冥冥啼早鴉雨晴山縣蹋春沙誰家故宅無烟火
一葉松扉鑠落花

與唐德昭論舊

新開湖上春水生可慣蘭州載酒行偶遇鄉人論舊事
小窻晴日坐聞鶯

又

春風吹花落客愁湖上酒家多起樓醉斫鯉魚歌白雪
翻憶十年曾此遊

題宗徽宗雙鴛鴦圖

蘆葉青青水滿塘文鴛晴卧落花香不因羌筦驚飛起
三十六宮春夢長

寫興寄諸友

小字蠅頭枉費辭秖將田賦較公私秋風江館聞雞起
不是青綾夜直時
版籍披尋百雨餘職方諸史進徐徐不眠終夜坐風雨
爭似揚雄校魯魚

寒食過桃花潭觀拜掃者

桃花潭上錦糢糊號泣青天海欲枯愧我親塋在淮土
五年不得灑松酤

柬朱伯徽

紫陌山下朱徵士白髮近來垂滿肩清晨拄杖出門去為斷昌陽求引年

隱君縛屋萬山幽一日不見如三秋閉門高枕了世事肯信人間有列侯

秋思

黄牛洲前黄葉飄棹人歌斷浦雲遥柳枝絡馬閶閭居士憶着揚洲廿四橋

聞歌

江上草色碧纖纖我獨近來華髮添誰人唱歌多古調

莫是當初昔昔鹽

毗陵道中二首

四境荒凉半是營百年憔悴幾麾兵獨騎瘦馬長吟者

落日蕭蕭過呂城

塵合官橋雪作沙落殘楓葉見梅花短籬破宅臨流水

狼藉毗陵賣酒家

江上十首

廬山萬八千丈高江水日夜送波濤看山飲水自成趣
何用長竿曳巨鰲

大山小山松樹齊千聲萬聲子規啼攬衣起舞夕露下
三更月落吳城西

褚磯口濶浪如山官船客船前後灣明日天晴大家喜
看我鼓枻中流還

象牙灘上百花開參差時復見樓臺翠香芹菜緣沙出

雪色鯿魚上水來
大姑廟前花草香女兒港口江水長江水江花思無限
目斷鞋山又夕陽
江上四月雨綿綿連日北風何大顛且買活魚炊晚飯
皖城對岸泊歸船
英英白雲多在山媿我幾曾如此閒贛江東下數千里
祗許拏舟十日還
蛾眉今日為君開一色青天絕點埃浩想往年經濟事

赤龍風雨過江來

昔曾將命解戈鋋一客雙江又二年瞻望蓬萊雲咫尺

寸心長繫片帆前

内班清切侍金鑾深媿無能負好官萬里長風開霽色

舉頭紅日是長安

梅花圖

贑江去國數千里曽對梅花憶古人今日歸來看圖畫

一枝寒玉更精神

百舌

簧舌琤琤巧萬端轉令聽者覺多般爭知阿閣春風裏
曉日噰噰語鳳鸞

望梁昭明松林

兩江笳鼓競分爭城郭全非草樹平十里茂林無恙色
貴池今日祀昭明

寄王益

獨立汀洲釆白蘋暖風晴日正愁人江東倘有平安字

早晚擕書願卜鄰

寫興

謝豹花開滿嶺紅空濛曉雨濕春犂看山不盡行人意
處處東風啼郭公

江上十首 (戊申夏奉召京回)

月射汀沙如雪明野禽驚聒草蟲鳴叮嚀今夜看風水
且放官船着岸行

歸路貪行不覺多館夫連日棹江波滿船争唱湖州調

兩岸雲山側枕過

小姑南岸對彭郎天劈雲㕓峙兩傍日暮驚濤没沙尾

江流較比去年强

吉陽洑裏探魚舟採得鮮魚為日謀偶見官船忽撑去

却如鳬鴨不回頭

順風全不廢篙牽把柁沿江穩放船指點大龍山色近

皖城只在水雲邊

李陽河畔有人家鵞鴨雞豚聚淺沙應是久居生計熟

大張濶網取魚蝦
櫂歌齊發浪聲喧池口東邊又換船秫酒醱醅偏醉客
鰣魚出網不論錢
大通港口柳如烟簇簇人家賽輞川候吏頻諳廵邏事
揷旗撾鼓送行船
王事方殷敢後程抗舟力與北風爭烏紗港裏檣如棘
直待波平自在行
牛渚磯頭江月明倚歌閒答洞簫聲夜涼老子興不淺

自把濁醪時一傾

兩梁山采石蛾眉亭正望此山

兩梁雄跨大江湄高出雲霄控碧漪天遣騎鯨人去後淡烟恒似鎖蛾眉

慈湖磯

溪山素與人事絕勝地何緣得美名大抵一誠能格物昆蟲草木總為榮

慈湖磯上白雲飛慈湖磯下游子歸秪為年年事奔走

寸心何以報春暉

次清河縣

淮河水流汩汩清到縣都無二里程兵後人家頗相得採魚屯種日為生

過臨濠十八里灘宋太祖戰勝於此

蘆荻蕭蕭吹晚風白沙如雪陣雲空翻思宋祖麾兵後百二山河破竹中

峽石口

斬斷靈鰲擗兩岸湯湯淮水自西東信非天遣神工助
大禹何緣鑿得開

次定陶縣

滔滔急水來西北落落饑鳶噪晚晴井邑已荒民物盡
行人獨辯定陶城

偶題王政陶叅政所論詩經小序後

二十年前絶可嗟逢人啜啜便言詩只今盖溢無多語
政恐門前匡鼎來音梨

前賢已往後賢來掇拾遺編要釋疑便使李黃今日在
也須三嘆有餘師

詩從刪後更無詩美刺還他熟慮思若止誇多名物辨
古人餘憾不無遺

大手文章不費辭眼明理到自無疵客窻三復忘休寢
細酌清泉夜半時

濟南八月一日聞鴈

苦無高閣送晴暉翰翰階前柿葉稀我有慈親在京國

憐渠一一向南飛

山中清隱圖

王屋山前雲氣多濯濯水流幽澗阿青松白石有如此
歲久不歸生薜蘿

題徽宗御製小景

夢覺涼生水殿秋起拈毫素寫滄洲西風底故無情思
吹得黃蘆也白頭

書綿蕝圖後

鼎沸纔青席未温肯將禮樂奏君門後來韋合虛文者
未必無疑到叔孫

扶植綱維明大節折衝俎豆去繁蕪今人健羨麒麟畫
曾及當時斫柱無

朱伯徽自溪南攜酒至發源山中兼示垂絲海
棠醉中求賦七言

一自朝雲委路岐春風吹夢託游絲内家叢裏分明見
彷彿盤旋立舞時

東家蝴蝶愛悠揚不肯輕飛過短墻賸買麝煤千百斛
暖薫濃抹到沉香
舞罷霓裳不奈嬌口脂微動酒初潮玉闌西畔春如海
擬倩東風整翠翹

使關中經過鴻溝在汜水縣西

一雙秋水佩吳鈎百二山河屬壯遊往事消沉遺跡在
斷鞭斜日過鴻溝

曉度關山

嶺頭叢木礙烟扉石角枯藤掛客衣杜宇為誰傷遠别

滿山都道不如歸

夜泊楊子橋

楊子橋頭夜泊船水波纔定月初圓不眠細數經行日

笑隔東風又一年

過虎牢關

滚滚河流隔太行盤盤關路接滎陽曹瞞已去温侯死

贏得悲歌古戰場

過潼關喜得長安

關陝喉襟在必争一呼誰敢抗前旌華陰父老頭如雪

解道黄河此日清

函谷關

樹木陰森虎夜號行人愁殺路嶢崅誰家雞唱寒烟裏

舉首東方太白高

老君谷

老君谷裏無人到雲氣上天成鶴飛落日長風飛過雨

萬松深處有龍歸

遊玄都觀

曲江東畔柳絲長金碧樓臺耀夕陽惆悵種桃人已去

更從何處問劉郎

遊開元寺

咽咽山蜩噪古槐陰陰香積鎖空齋翻經臺上無人到

不見天花下寶階

重遊華清宮

霧旆霓旌去不來陰廊風雨長蒼苔宮前只有閒花木
還向驪山脚下開

長安曉起聞鵲

簾幙輕風度早春樹枝乾鵲噪清晨若非邉報收遺寇
定有家書寄遠人

再過崤關

盡説崤陵路最艱一年猶得兩回還姚崇片石孤撑立
寂寞蒼烟杳靄閒

寶雞縣

渭河霜湍水如苔一縣人家半草萊惟有秋風酸棗木
淡烟深鎖鬬雞臺

宿益門鎮

横雞嶺木撼清秋關隘連雲控益州指點烟深最高處
驛程將近草凉樓

過茂陵

落日茂陵衰草寒馬嘶塵起北風酸可憐此地埋仙骨

不見金莖捧露柈

咸陽道中

五陵原上路漫漫瘦馬行吟日半竿歸思好如南去鴈

强衝風色過長安

月夜過馬嵬坂

閼月明明良夜何秋風腸斷馬嵬坡也應不為真妃惜

祗憾當初白骨多

九日觀太白山雪

日日登高賦遠遊偶逢九日轉多愁青山也解行人意遥對黄花共白頭

過岐山古城

桑柘陰陰蓋甫田駐車安敢任旬宣山城父老來相見尚道周家八百年

過古桃林

氛翳纔消海岳清萬方誰不願歸耕北來喜見桃林野黄犢斑斑暮雨晴

中條山

平沙漠漠草蕭蕭一劍寧論萬里遥猶愧未償山水願暮衝寒雨過中條

曉發雎陽

霜重清寒透紫貂雎陽城外發行軺西風滿目蘆花白疑是秋江上早潮

過北邙山

北邙山上多青楸北邙山下有荒邱青楸摇落荒邱在

風雨淒淒狐兔愁

過梅關

春深長憶出秦關寒擁貂裘馬上還今日入關春更淺野花紅白草斕斑

曉發凌江

苦竹披頭啼鷓鴣淡烟踈雨暗平蕪過關喜得江風便日日推篷看畫圖

黃塘驛

天際孤峯生紫烟江頭好月向人圓館夫争道黄塘近撾鼓燒燈又换船

滇陽峽

灑面凉風吹酒醒野狷長嘯樹冥冥短篷已過滇陽峽兩岸雲山不斷青

瀧溪上

蘭葉青青水灒溪繞溪花落有鶯啼天南莫訝無霜雪二月蔪蔪麥秀齊

橫石口

江水東流猿夜哀愀無人跡到蒼苔懸崖惟有千章木時見猿獮抱子來

漣江口 舟人云水通湖南

楊栁依依春水生畫船穩載越中行白沙黄竹啼雙鳥相隔湖南又幾程

清遠峽

山酒吹香緑滿瓢轉回隨峽放蘭橈年來不奈愁成緒

都與春風付柳條

夜過廻岐驛

亂石灘頭發櫂歌斷猿啼月夜如何白頭司馬青衫濕應比江州淚更多

鑠峽

峭壁摩空轉怒雷江流如東浪如堆東風連日桃花雨葉葉灘船樹杪廻

登胥江驛亭

小閣開簾望遠岑煖風晴日囀幽禽胥江流水清無底
較比春愁一樣深

曲江城

曲江門外駐蘭舟目送行雲獨倚樓風雨滿城榕葉暗
嶺南二月似三秋

西城鎮

水際漁家星散稀沙棠艇子漾晴暉恰如烟外忘機鳥
來去將雛自在飛

登南海驛樓

海氣空濛日夜浮山城纔過雨成秋馮唐頭白懷多感倚遍天南百尺樓

嶺南雜錄三十首

一劍南來兩鬢星肩輿隨處看丹青那知庾嶺梅邊客却上交州海角亭

島嶼潮來日欲曛聱牙蠻蛋動成羣孥舟盡入沙灣泊為避犂頭海上雲

海濵朝夕易炎凉濕氣蒸人沁薄裳昨日崖州有船到
滿城争買白檳榔

石鼎微熏茉莉香椰瓢滿貯荔枝漿木綿花落南風起
五月交州海氣凉

牂牁流水碧潺潺潮落潮生草木閒一片海雲吹不起
越人遥指是崖山

春意亭凉酒滿杯昔人遺刻尚崔嵬亭前幾樹黄皮熟
日日鶯啼數百回

鴈翅城東湧怒濤外洋水長蛋船高莫言昨夜南風急
今日登盤有海蠔

吉貝衣單木屐輕晚凉門外躡新晴相逢故舊無多語
解說邉鑪骨董羹

山磎欵獶愛喧譁垢面文身到處家試問年年事何事
强弓勁弩舊生涯

倔强馮陵距海垠半為魚鱉半為塵只今編户聞聲教
遺類何由辨馬人馬援伐林邑留不去者千户昌黎詩曰上日馬人來

魚鹽蠻蛋託為生狹路逢人便弄兵見說官曹廵邏急

賣刀買犢也歸耕

誰跨鯨鯢斬斷虹海波飛立障雲空闍婆真蠟船收澳

知是來朝起颶風斷虹見乃颶風之兆

謾把金釵品價高荔枝端不讓櫻桃若教李白諳風味

甘分南州脫錦袍陳村有荔枝實大核小其味甘香名曰金釵子相傳以為昔人有解金釵而得其種

薝白輕紅鬬剪裁紫薇終不占先開如今爛熳炎天裏

賸有春風座上來

番禺南望渺烟波怪底魚龍出沒多頃刻風霆飛白晝

黒龍拖雨過牂牁

南海廟前花草新波羅垂實雨頻頻遐荒只愛求奇氣

兩兩來看種樹人

雲色蠻牋傲薛濤斗南樓上海天髙都將陸賈千年事

付與江淹五色毫

凉風吹雨海門來一洗蠻烟瘴霧開回望帝京家萬里

懶教人下越王臺

花覆禪房刻漏遲妙香浮動碧蓮池月明風細菩提落

想是南能出定時

海上安期去不來石門花落又花開幾時相約騎黃鵠

爛醉秋風玉錦臺臺在滑江

白雲山上白雲飛騰達年來與願違鶴髮慈親應記憶

嶺南遊子幾時歸

嘯彈長鋏出秦川又入蠻鄉掃瘴烟寄語鳳凰臺上客

别來五見月團圓

榕樹陰陰集暮鴉竹深人静似仙家芭蕉小苑垂雙實

茉莉南州壓萬花

玉液池邊夏木青石屏臺上晚風輕道人心静不知暑

默坐焚香待月明

越鹽如雪賽吴鹽諸薌初肥竹筍甜何事眉山蘓太守

只將雙蠏較團尖

羅浮山下葛洪家遺履軒前尚種花鄧嶽早能參妙契

也從勾漏覓丹砂

村團社日喜晴和銅鼓齊敲唱海歌都道二年生計足
五收蠶蠒兩收禾

海隅風俗似朱陳嫁娶從來只近隣椰子檳榔供納采
祖孫頭白每相因

不輸租稅不憂貧縛屋邊崖淺洞人争捕蚺蛇邀遠客
旋饒糟粕送比鄰

蠻落人家厭食魚兒孫生長不知書桄榔滿種緣山邏

翡翠新妝越海壚

涼州曲

琵琶初調古涼州萬壑風泉指下流好是貞元無事日

玉宸宮裏按新秋

登清遠峽飛來寺四首

㸑擬蘭舟訪隱淪子規何事勸行人湔山松栢雲來往

誰道王維畫逼真

入峽陰陰出峽晴峽流端似鏡般平玉環玩世誰妝得

萬壑千巖月自明

纔到生公講後經蛟龍夜出石潭聽驪珠正照維摩室

優鉢花香蘭葉青

幾年不上雨花臺勝景尋常入夢來如此江山好樓閣

峽中圖畫自天開

樵逸詩二首為徐徵士賦

石室棋殘鶴夢醒自添沈水註茶經山中歲晚知無事

還傍松根斫茯苓

手把枯桐倚緑蘿白雲深處少人過春風一曲猗蘭操應是牛山美木多

竹枝詞三首

澗水泠泠清見沙妾心如水諒無他願言莫學楊花薄一逐東風不戀家

守近東窻弄玉梭織成澗幅翠絞羅殷勤持贈裁春服莫遣纏頭買笑歌

三百六十灘水清桃花春漲近來生催歸不待臨岐語

昨夜子規啼到明

淳安棹歌二首

淳安縣前江水平越女唱歌蘭葉青山禽只管喚春雨

不道愁人不願聽

鏡裏青山畫不如臨溪日日望郎書數間茅屋住近水

十箇松舟時打魚

東吳棹歌四首

太湖茫茫水拍天吳儂只慣夜行船竹枝敲罷燈將滅

風雨瀟瀟人未眠
艇子搶風過太湖水雲行盡是東吳阿誰坐理青絲網
遮得松江巨口鱸
玻瓈冷浸洞庭山霜竹攢攢橘柚斑白髮吳娃笑相語
官船不似釣船閒
盡槃經過碧浪湖水晶臺閣翠雲鋪藍田空老王摩詰
肯信江南有畫圖

蘭溪棹歌三首

涼月如眉掛柳灣越中山色鏡中看蘭溪三日桃花雨
夜半鯉魚來上灘
野鳥晴蹋浪梯平越上人家住近城若葉裹魚來換米
松舟一箇似梭輕
棹郎歌到竹枝詞一寸心腸一寸絲莫倚官船聽此曲
白沙洲畔月生時

舟次濛瀼

濛瀼灘頭六七家野蒿成樹竹如麻兒孫不解躬耕耨

日日烟波理釣槎

夜過寶應驛

短篷風急雨聲多濃墨推雲水拍河坐久不聞鐘鼓報向人數問夜如何

鳳池吟稿卷十

跋

汪先生當草昧之初力挽宋元舊習為明朝詩學正宗所著鳳池吟稿膾炙人口不啻夜光和璧嘗考儲文懿集中有寄葛庭光侍御書云承惠鳳池吟稿汪公名迹久湮聞於後者賴有文字之懿自非執事表章先哲則并此集散失之矣甚盛舉也忻忭忻忭但僕所得抄本后集有胡仲子摽註末有三序聞前集亦有摽註惟今閣老邱公家所收本有摽註不可並得但此三序不可

不刊謹録上乞付之梓也余查葛公以成化十四年登魯彦榜進士弘治初年始改山東道御史其刻先生集正此時也至今上改元纔七八十年耳勿論板刻弗存即印本亦不多見先君子嘗以藏本示不佞兄弟曰楓落吳江冷其誰能追後死者之責乎手為校訂將欲就梓而倏捐館舍留之篋中又二十年矣然其集全無序文亦不分前後字樣不知果即侍御刊本否耶儲公所寄三序豈竟未付之梓耶抑已梓而今復失之耶余向

過海陵訪求抄本於柴墟先生諸孫而竟不可得其扼腕可勝道哉今年秋李孝廉衷素從焦弱侯太史家覔得廣右刻本前有宋承旨一序蓋先生嘗左遷於此故廣中亦有是刻也因相與參閱更訂二十四字以付剞劂九原有知亦庶幾少慰先人之初志矣至若考求舊序及胡公註本則尚有望於博物君子云丁巳穀日後學王百祥仲善父謹跋

辨疑

吟稿中有題虎絶句曰虎為百獸尊罔敢觸其怒惟有父子情一步一回顧嘗閱殿閣名臣記及灼艾集皆以為解大紳學士之作且云成祖素不喜仁宗學士蓋借虎為喻卒之前星克耀此詩之力也其言似若有據然余考之學士集中絶無此作別有題虎七言一首曰老大玄文壓倩班蕭蕭藜藿滿空山明朝再入麒麟隊坐與君王鎮九關使前詩亦出解手刻中當并載之何獨

遺也今按學士之詩亦自有諷意豈當時所指者即此作而誤書汪詩耶抑學士當時曾並舉汪詩以為諷而後人遂誤傳為學士詩耶不然則洪武三年汪公已進封忠勤伯而集亦刻於是年至二十一年學士始成進士相去不啻數十年矣安得預有此詩而汪公掠其美耶觀吟稿序文出自濂溪宋公之手彼時同居館閣見必真豈亦未之察耶即如國朝館課刻有汪公白雁詩一首而集中實無此作先君子嘗手自校訂而白雁

詩不收入咏虎詩不删去故集中無見獨恨趨庭時未及面証耳吟稿久無善本更欲付之棃棗恐耳食者不察將令汪公之疑不白於天下後世矣因辨之如此後學王百順謹識

總校官進士臣程嘉謨
校對官主事臣牛稔文
謄録監生臣葉寶書